时间机器

[英] 赫伯特·乔治·威尔斯◎著
张蕾芳◎译

河北出版传媒集团
花山文艺出版社

图书在版编目（CIP）数据

时间机器 / （英）赫伯特·乔治·威尔斯著 ； 张蕾芳译. —石家庄 ： 花山文艺出版社，2016.6（2021.5重印）
（中小学生必读丛书）
ISBN 978-7-5511-2850-6
Ⅰ. ①时… Ⅱ. ①赫… ②张… Ⅲ. ①科学幻想小说—英国—现代 Ⅳ. ①I561.45
中国版本图书馆CIP数据核字(2016)第112716号

书　　名：**时间机器**
著　　者：[英] 赫伯特·乔治·威尔斯
译　　者：张蕾芳

责任编辑：梁东方　李　爽
责任校对：李　伟
美术编辑：胡彤亮
出版发行：花山文艺出版社（邮政编码：050061）
（河北省石家庄市友谊北大街 330 号）
销售热线：0311-88643221/29/31/32/26
传　　真：0311-88643225
印　　刷：涿州汇美亿浓印刷有限公司
经　　销：新华书店
开　　本：787×1092　1/16
印　　张：14
字　　数：160千字
版　　次：2016 年10月第 1 版
2021 年5月第 3 次印刷
书　　号：ISBN 978-7-5511-2850-6
定　　价：22.00 元

第一章

时间旅行者（这样称呼他比较方便）正向我们讲述一件艰深的事情。此时，他灰色的眼睛炯炯有神，平日苍白的面孔泛着红晕而富有生气。炉火烧得正旺，银质百合灯投下柔和而灼热的光芒，映衬着我们杯中若隐若现的泡沫。我们坐的椅子不再是忍气吞声地托着我们，而是搂着我们，给我们抚爱。这些椅子是他的独创。在这种舒适的饭后氛围里，人们可以不求精确地浮想联翩。他扬起修长的食指，强调他的要点，而我们则坐在那儿，聆听他的新谬论（我们这样认为），懒洋洋地欣赏着他那股认真劲儿和渊博的知识。

“你们得听仔细了，我对一些公认的理论有不同的看法。比如，你们在学校学的几何学就建立在错误的概念上。”

“从这么大的题目开始谈，你是不是对我们期望太高了？”好争论的红头发费尔比说。

“我不是要你们接受没有根据的说法。你们将只接受我要你们接受的那一部分。你们当然知道数学上的线，也就是高度为零的线是不存在的。你们学过吧？数学平面也不存在。这些都是抽象概念。”

“没错。”心理学家说。

“只有长度、宽度和高度的立方体也不存在。”

“这一点我反对，”费尔比说，“一个固体东西应该存在。所有真实的东西——”

“大部分人都这样认为。但等等，瞬时物体存在吗？”

“不明白你的意思。”费尔比说。

“一个没有任何持续时间的物体存在吗？”

费尔比陷入了沉思。“显然，”时间旅行者接着说，“任何一个实体都有四个维度：长度、宽度、高度和持久度。但由于人体某种先天缺陷，这一点请容我稍后再解释，我们往往忽略这个事实。确实有四个维度存在，其中三个，我们称之为空间的三个面，而第四维就是时间。然而，大家总是违背现实地把前面三个维度与第四维区分开，因为我们的意识恰巧断断续续地沿着第四维朝一个方向移动，从生命的起始走向生命的终结。”

“关于这一点，”一位年纪很轻的小伙子一边说，一边笨拙不安地在灯上重新点燃他的雪茄烟，“这一点……的确很清楚。”

“值得注意的是，大家普遍忽略了这点，”时间旅行者略带欢快地继续道，“许多人谈四维空间，却不知道是什么意思。其实这只是看待时间的另一种方式。时间和三维空间的任何一维没什么不同，只是我们的意识会随着时间移动。有些愚蠢的人错误地理解了这个理论，你们听说过他们关于第四维的看法吗？”

“我没听说。”市长说。

“简单地说就是这样的，空间正像数学家理解的那样，具有三个维度，即长、宽、高，而且总是可以由三个互为直角的面来表示。但有些善于思考的人提出疑问，为什么偏偏只有三维——为什么没有另外一个方向与三维直角相交？他们甚至想建构一个四维几何。一个多月前，西蒙·纽科姆教授向纽约数学协会阐述了这一观点，你们知道二维平面可以用来表现三维物体形象，他们同样认为只要掌握了某种透视方法就可以在三维模型上表现出四维，懂了吗？”

“没错。”市长喃喃道。他双眉锁紧，陷入沉思，嘴唇翕动着，好像在念叨什么神秘的话语。“噢，我明白了。”隔了一会儿他说，迅速露出一副恍然大悟的样子。

“好吧，不妨告诉你们，我研究四维几何有一段时间了。我的研究结果很有意思。比如，这儿有一张某个人八岁时的肖像，另一张是他十五岁的肖像，还有一张十七岁的，一张二十三岁的……这些显然都是他四维实体的三维体现，是他的三维剖面，而他的四维实体是固定不变的。”

“科学工作者，”时间旅行者适当地停顿一会儿，以便给大家时间理解他的话，“都非常清楚时间只是空间的一种。这儿有一张常见的科学示意图，一份气象记录。我手指指着的这条线显示气压表的运动。昨天它升得很高，昨晚有所回落，今早又升上去了，慢慢升到这个位置。水银肯定不是沿着任何一个公认的空间维度追寻这条线，但其实水银是在追寻这样一条线，而这条线，我们因此得出结论，是沿着时间维度延伸的。”

“可是，”医生死死盯着煤火说，“如果时间的确是空间的第四维度，为什么无论是过去还是现在都把它看作不同的东西呢？为什么我们不能像在三维空间中移动一样，在时间中移动呢？”

时间旅行者微微一笑：“你保证我们能在空间里自由移动吗？往左往右可以，往前往后也没有问题，我们常这样做。我承认我们可以自由地在二维空间中移动。但上和下呢？重力限制了我们。”

“不一定，”医生说，“我们有气球。”

“但在发明气球之前，撇开短暂的跳跃和利用地势高低的跳跃不谈，人类没有垂直运动的自由。”

“他们仍可以稍许做一些上下运动。”医生说。

“下比上容易，容易得多。”

“但你不能在时间里行走，你不能离开现时现刻。”

“我亲爱的先生，这就是你的误区，这也正是整个世界的误区。我们常常离开现时现刻。我们的头脑是非物质的，没有维度，一直以均匀的速度，从摇篮到坟墓沿着时间维度行进。就好像我们如果在五十英里[1]高空，必定会下落一样。”

“但问题是，”心理学家插嘴说，“你在空间可以朝各个方向走动，但在时间里就不行。”

“这就是我的伟大发现的基础。你说我们不能在时间里四处走动是不对的。比如，如果我把一件事回忆得栩栩如生，等于就是身

[1] 英里：一英里约等于 1.6 公里。

临其境：你会说我变得心不在焉，那一刻我回到了过去。当然，我们没办法在过去停留一段时间，就像野蛮人或动物没办法停留在离地面六英尺[1]的地方一样。但文明人在这方面比野蛮人做得好，他可以利用气球克服重力往上升，那他又为什么不能指望最终在时间维度里停留或加速，甚至转身朝另一个方向前进呢？”

“这个，”费尔比发话了，“是完全——”

“为什么不行？”时间旅行者说。

“这有悖常理。”费尔比说。

“什么常理？”时间旅行者说。

“你可以通过辩论把黑说成白，”费尔比说，“但你说服不了我。”

“可能不行，”时间旅行者说，“但你现在开始明白我研究四维几何的目的了。很久以前，我就有造一部机器的模糊想法——”

“穿越时间旅行！”那位年纪很轻的小伙子惊呼起来。

“它朝空间和时间的任何方向行驶都无妨，可以由驾驶员来决定。”

费尔比满意地笑了。

“我有实验证明。”时间旅行者说。

“这可大大地方便了历史学家，”心理学家提议道，“比如，他们可以回到过去，核实一下公认的黑斯廷斯战役记录是否准确！”

“你不认为你会太引人注目吗？”医生说，“我们的祖先不会容

[1] 英尺：一英尺约等于 0.3 米。

忍时空错位的人。”

“我们可以从荷马和柏拉图嘴里学到希腊语。”年纪很轻的小伙子思忖着。

“如果真是如此，剑桥大学文学士考试的初试你肯定会不及格。德国学者对希腊语进行了很大改进。”

“那就想想将来吧，”年纪很轻的小伙子说，“想想看，你可以把所有的钱用于投资，去生利息，然后赶到未来去取回报！”

“到了那里才发现，”我说，“那是一个严格地建立在共产主义基础上的社会。”

“这套理论也太夸张了！”心理学家开始评论道。

“没错，我也这么认为，所以，我不会谈论这种事，除非——”

“有了实验依据！”我叫道，“你准备证实这点吗？”

“实验！”费尔比叫道，他已经头昏脑涨了。

“不管怎么说，先让我们看看你的实验吧，”心理学家说，“虽然净是些唬人的玩意儿，你们知道。”

时间旅行者朝我们莞尔一笑。他双手深深插进裤兜，带着淡淡的笑意，慢慢走出房间。我们听到他的拖鞋在通向实验室的走道上发出沙沙的声音。

心理学家注视着我们：“不知道他要给我们看什么。”

“还不是那种变戏法。”医生说。费尔比向我们讲述他在伯斯勒姆见到的一个魔术师，还未讲完开场白，时间旅行者就已折回，费尔比的奇闻陡然终止。

时间旅行者手里托着一个发光的金属物体，大小相当于一座小钟，制作十分精巧，里面有象牙，有透明水晶体。现在我必须说得明白些，因为接下来发生的事——除非大家接受他的解释——完全叫人百思不得其解。房间里摆放一些八角形小桌，他拖来一张放在壁炉前，将两条桌腿搁在炉前的地毯上。他把机器放在这张桌上，拉过一张椅子坐下。桌上只有一盏带灯罩的小台灯，把那个机器照得明晃晃的。大约有一打蜡烛安放在房间四处，两支在壁炉台上的黄铜烛台里，好几支插在壁挂式烛台里，房间被照得通亮。我在离炉火最近的一张矮扶手椅里坐下，并把椅子向前拉了拉，几乎插在时间旅行者和壁炉中间，费尔比坐在他身后，越过他肩头往桌上看，医生、市长从右边紧盯着他的侧面，心理学家则盯着他的左侧，年纪很轻的小伙子站在心理学家身后。我们都保持着高度警觉。在这种情况下，觉得无论构思如何巧妙、手段如何高明的任何骗局，都逃不过我们的眼睛。

时间旅行者看看我们，又瞧瞧机器。“怎样？”心理学家问。

“这个小玩意儿，”时间旅行者说着把胳膊肘搁在桌上，双手放在机器上方，“只是一个模型，我的计划是造一个穿越时间的机器。你们会注意到它看上去歪得有些异常，这根杆的表面还发出奇特的光，好像不是真的。”他用手指指那个位置。“还有，这儿有一个白色的小操纵杆，这儿也有一个。”

医生从椅子上站起来，凝视着这件东西，“做得挺漂亮的。”他说。

“我花了两年工夫才做成。”时间旅行者应道。见我们都学医生的样子站起来，他接着说：“现在我要你们明白，一压这个操纵杆，这台机器就会滑入未来，而另一个操纵杆则是控制相反方向运动的。这个座位模型是代表时间旅行者的座位。我马上要压这个操纵杆，机器马上会启动，会消失，进入到未来时间里，变得无影无踪。仔细看好，别漏过桌子，确保没有任何作假，我可不想浪费一个模型，到头来你们还把我当骗子。”

大约一分钟的时间，大家都没出声。心理学家想跟我说些什么，但又改变了主意。这时，时间旅行者的手指已伸向操纵杆。“不行，”他突然说，“借你的手一用。”他转向心理学家，握住对方的手，要对方伸出食指。这就是说，实际上是心理学家亲自把时间机器模型送上不归路。我们都看到了操纵杆的转动，我百分百肯定没有任何骗人的把戏。一阵微风掠过，灯里的火苗摇曳了一阵，壁炉台上的一支蜡烛被吹灭了。这部小机器突然旋转起来，变得越来越模糊，刹那如幽灵一般，黄铜和象牙在这股涡流中微微闪烁。它就这样消失了，踪影全无，桌上只剩下一盏孤灯。

大家一时无语。费尔比说他遇到鬼了。

心理学家从恍惚中回过神来，突然朝桌下看去。见此，时间旅行者得意地笑了。“怎样？”他学着刚才心理学家说的话。接着，他起身走向放在壁炉台上的烟草罐，背过身去装烟斗。

我们面面相觑。“我说，”医生说，“你当真吗？你当真相信这台机器驶入时间中去了？”

“当然。”时间旅行者说，弯腰在炉火上点燃一支纸捻，转过身，点着烟斗，注视着心理学家的脸（心理学家为了显示他的镇静，拿起一根雪茄，没剪掉头就想点着）。“另外，我还造了一台大机器，快完工了，就在那儿。”他指指实验室，“一旦组装完毕，我准备亲自动身。”

“你认为那台机器去了未来？”费尔比说。

“去了未来，还是过去，我说不准。”

隔了一会儿，心理学家灵机一动：“它如果真去了哪儿，肯定去了过去。”

“为什么？”时间旅行者问道。

“因为我假设它没在空间里移动，如果它去了未来，这段时间里，它应该还在这儿，因为它得穿越这段时间。”

“可是，”我插嘴道，“假如它去了过去，我们刚刚进屋那会儿应该能看见它，上周四我们在这儿的时候也能看见，还有上上个周四，以此类推！”

“反驳很尖锐。”市长评论道，并带着不偏不倚的态度转向时间旅行者。

“你们说的都不对，”时间旅行者说着转向心理学家，“你想一想就能解释清楚。这是视阈以下的成像，一种变淡的成像。”

“没错，”心理学家向我们保证道，“这只是个心理学问题，我早应该想到，一点儿不复杂，而且有助于解释这个看似谬论的东西。我们看不见这台机器，也没办法欣赏它，就像我们看不见旋转车轮的辐条，看不见在空中穿梭的子弹一样。这台机器假如以快于我们五十倍或一百倍的速度行驶的话，假如它穿过一分钟就像我们穿过一秒钟那样快，它留下来的印象就只是它不进行时间旅行的印象的五十分之一，或一百分之一，这再清楚不过了。”他的手朝刚才放模型的地方一挥。“懂了吗？”他说着大笑起来。

我们坐下来，足足盯了空桌子一分多钟。这时，时间旅行者问我们有什么看法。

“今晚看不出什么毛病，”医生说，“等明天吧。等早上头脑清醒了再说。”

“你们想看看真正的时间机器吗？”时间旅行者问。于是，他拿起灯，领着我们穿过长长的、刮着穿堂风的走廊来到他的实验室。我清楚地记得摇曳的灯光下，他那大得出奇的头投下黑色的剪影，我们的影子也随之跳跃；记得我们都跟着他，满心疑惑却又不愿轻信；记得我们在实验室注视着那台在我们眼皮底下消失的小机器的大号版本。它的有些部件是用镍制成的，有些是象牙，有些则是由水晶岩凿成或锯成的。机器已基本完工，只剩下两个晶体弯杆没安，放在凳子上一些图纸旁边。我随手拿起一个，仔细瞧了瞧，好像是石英做的。

“喂，”医生说，“你不是开玩笑吧？会不会又是变什么戏法——就像去年圣诞节给我们看的鬼魂一样？”

“我想坐这台机器，”时间旅行者高举着灯说，“去探索时间，清楚了吗？我从来没有这么认真过。”

我们谁也不知道该如何理解他的话。

越过医生的肩头，我捕捉到费尔比的目光，他像煞有介事地朝我眨眨眼。

第二章

我想当时我们谁也不相信时间机器。事实上时间旅行者是那种聪明得叫人很难相信的人。你从来就看不透他：你总是疑心在他的坦白直率后面还有所保留，隐藏着某种狡黠。假如是费尔比出示这个模型，并用时间旅行者的话解释它，我们不会如此多心，因为我们会看出他的动机。一个杀猪的也能理解费尔比。可时间旅行者的性格中带有一种肆意妄为的成分，叫人信不过。做事太过容易也不是好事。生性严肃、认真对待他的人从来捉摸不透他的行为，他们似乎意识到，把自己慧眼识人的名声托付给他，就好像用薄胎瓷器来装点托儿所。因此，在那个星期四之后一周的时间里，我们对时间旅行闭口不谈。但毫无疑问，这件事的奇特性和可能性仍萦绕在我们大部分人的脑海里：它貌似有理，却在现实中缺乏可信度，还有它带来的有关时空倒错的可能性和震撼性。至于我呢，头脑里挥之不去的是用那模型变出来的戏法。星期五我在林奈博物馆遇见了医生，他说他曾经在蒂宾根[1]见过类似的东西，尤其强调熄灭的蜡烛大有名堂，但戏法是如何变出来的，

---

[1] 蒂宾根：德国城市名（本书注释均为译者注，不一一说明）。

他说不上。

第二个星期四，我又去了里士满——我猜我是时间旅行者的常客之一。我到得很晚，发现他的起居室里已聚集了四五人。医生站在壁炉旁，一手拿着一张纸，一手拿着他的表。我环顾四周，寻找时间旅行者——“现在是七点半，”医生说，“我想我们可以开饭了吧？”

“怎么不见——”我说，提到主人的名字。

“你刚来？真奇怪，他一定被什么事耽搁了，留了一张条儿给我，说如果到七点他还没回家，要我先开饭，说等他回来再解释。”

“晚饭做好了不吃怪可惜的。”一位名气很大的日报编辑说。听到这话，医生决定摇铃叫仆人。

除了我和医生外，心理学家是唯一参加过上次晚餐的客人。其他客人有布兰克，就是上面提到过的编辑，某杂志记者和一个蓄着胡子、沉默寡言的人——这人我不认识，我注意到，他整个晚上一言不发。晚饭席间有人推测时间旅行者缺席的原因，我半调侃地提到时间旅行，编辑希望知道是怎么回事，心理学家自告奋勇地开始了一段乏味的讲述，就是有关上星期我们亲眼所见的“构思巧妙的谬论和骗局”。他刚说到一半，通向走廊的门无声无息地、缓慢地开了。我正对着门，第一个发现。“喂！”我说，“终于赶回来了！”门开大了一些，时间旅行者出现在我们面前。我惊奇地喊了一声。“天哪，伙计，出什么事了？”第二个发现他的医生叫道。整桌人都转身朝门望去。

他的模样十分狼狈，大衣布满灰尘、肮脏不堪，袖子上沾满绿色的污渍；他的头发乱蓬蓬的，在我看来，好像灰白了许多，也不知道是沾了灰尘，还是本身颜色变淡了；他的下巴有一道棕色伤痕——刚愈合了一半；他形容枯槁，神情憔悴，好像经历过很大的痛苦。有那么一会儿，他站在门口犹豫，似乎受不了光线的刺激，然后，他走进屋来，一瘸一拐地，就像烂脚的流浪汉。我们都无言地、目不转睛地打量着他，等着他说话。

他什么也没说，只是艰难地走到桌边，做了个要酒的动作。编辑倒了一杯香槟推给他。他一饮而尽，有了些精神，开始环顾一桌人，他那熟悉的微笑又若隐若现地出现在脸上。“你这家伙到底忙什么去了？”医生说。时间旅行者似乎没听见。“别让我打扰你们，”他发着颤音说，“我没事。”他住了口，伸出杯子表示还要酒，又一口气喝完。“酒不错。”他说。他的眼睛开始发亮，面颊上有了些许血色。他的目光掠过我们的脸，略带赞许之意，然后环视了一下温暖舒适的房间。他又开口说话了，仍然是那样字斟句酌地道：“我上去洗个澡，换身衣服，回来再解释……给我留点儿羊肉，我想肉想疯了。”

他把目光转向编辑，后者不常来，他向编辑打了声招呼，编辑提了一个问题。“等会儿再告诉你们，”时间旅行者说，“我这样子——很滑稽！一会儿就好。”

他放下酒杯，走向楼梯口。我又注意到他走路一瘸一拐的，脚步声飘忽无力。我从座位上站起来，一直注视着他的脚直到他消失。他脚上除了一双破破烂烂的、血迹斑斑的袜子，什么也没穿。这时，门在他身后合上了。我有点儿想跟上去，但记起他不喜欢别人对他的事大惊小怪的。有那么一会儿，我开始胡思乱想起来。“著名科学家的惊人之举。”我听到编辑这么说，原来他（出于习惯）正在思考栏目标题呢。我的注意力又被拉回到灯火通明的饭桌旁。

“发生什么事了？”杂志记者问。“他是不是当起了业余乞丐？我真不明白。”我跟心理学家的目光相遇，感到他和我想的一样。我记得时间旅行者瘸着腿吃力地走上楼的情景，我敢保证没人注意到这点。

首先回过神来的是医生，他摇摇铃——时间旅行者讨厌仆人在桌旁伺候——要了一道热菜。编辑嘟囔着拿起刀叉，那个一言不发的人也跟着吃起来。晚饭继续进行，只是偶尔会发出一两声惊叹。这种情况没持续多长时间，编辑再也按捺不住自己的好奇心。“我们的朋友是不是靠行骗去赚外快贴补他不多的收入啦？要不就是他正处在尼布甲尼撒[1]时期？”他问。“我敢说这跟时间机器有关。”我接过心理学家关于我们上次聚会的话题说道。新来的客人谁也不相信。编辑首先表示异议：“时间旅行到底是什么？难道在谬论里打个滚儿就能弄上一身灰尘？”等到他搞清楚了这套理论，他开始大加嘲讽。未来人类难道就没有刷衣服的刷子？杂志记者也什么都不相信，同编辑一道，极尽讽刺之能事。他们都是新一代新闻工作者——那种活泼开朗、无所顾忌的年轻人。“我们的特约记者在后天的报道中会说。”那个记者说——还不如说是嚷嚷道。就在这时，

[1] 尼布甲尼撒二世，巴比伦国王，侵占叙利亚和巴勒斯坦，攻占并焚烧耶路撒冷。后来被放逐，像牛似的吃青草，身体被露水沾湿，头发变得像老鹰羽毛，指甲像鸟爪。

时间旅行者回来了。他穿着家常晚装，除了一脸憔悴没变之外，刚才吓我一跳的那副样子一扫而光。

“我说啊，”编辑高兴地说，“这些人说你到下星期中旅行了一趟！跟我们讲讲小罗斯伯里[1]，好吗？你对整件事怎么看？”

时间旅行者一言不发地坐到替他保留的位子上，脸上挂着一贯的、安详的微笑。“羊肉呢？”他说，“又可以用叉子叉肉啦，棒极了！”

“故事！”编辑叫道。

“去你的故事！”时间旅行者说，“我要吃东西，肚子没填饱之前，我一个字也不会说。谢谢。还有盐。”

“一个字，”我说，“你去时间旅行了？”

“嗯。”时间旅行者说，塞了一嘴的肉，点点头。

“你一字一句地说，说一行我给一个先令。”编辑说。时间旅行者把杯子推向那个一言不发的人，用指甲敲敲杯子，那人一直死死地盯着他，突然吓了一跳，开始替他倒酒。接下来，整个席间的气氛变得叫人不自在。就我而言，满脑子都是突如其来的疑问，我敢说其他人也不例外。杂志记者为了缓和紧张气氛，聊起了海蒂·波特的趣事。时间旅行者仍埋头于自己的晚餐，胃口大得像个流浪汉。医生抽着烟，眯着眼睛观察着时间旅行者。那个一言不发的人比平常更笨拙，因为紧张而不停地啜着香槟。时间旅行者终于推开盘子，看看我们大家。“我想我应该道歉。”他说，“我实在是饿坏了。我的经历奇特至极。”

[1] 小罗斯伯里（1847—1929），英国第五代罗斯伯里公爵，政治家。

他伸手拿起一支雪茄剪掉头。“还是去吸烟室吧。这个故事太长了，对着一堆油腻腻的盘子没办法讲。”他领着大家往隔壁房间走，顺便摇了摇铃。

“那台机器的事，你已经告诉布兰克、戴什和乔兹了吧？”他往安乐椅上一靠，点着三个新客人的名问我。

“可那东西只是一个谬误罢了。”编辑说。

“今晚我没办法辩论。我可以把故事说给你们听，但我没办法辩论。如果你们愿意听的话，”他继续道，“我会告诉你们发生了什么，但不要打断我。我想说，想极了。你们会认为故事的大部分是谎言，可事情就是这样，我说的句句是真。四点钟，我还在实验室，从那以后……我生活了八天……从来没人有过我这种经历！我累坏了，但不说出来我无法入睡。说完就去睡觉，不要打扰我，同意吗？”

“同意。”编辑说，其他人也附和着说：“同意。”就这样，时间旅行者就开始叙述他的故事。他首先往椅背一靠，有气无力地说着。随后，越讲越有劲。我把故事写下来的时候，只恨自己笔墨不足以表达其精髓。我估计你会聚精会神地阅读，但你看不到在一盏明亮的小灯光晕里讲述者苍白、真诚的脸，你也听不见他的声调，看不到他的表情是如何随着故事的跌宕起伏来变化的。我们大部分听众都坐在阴影里，因为吸烟室里的蜡烛没有点上，只有杂志记者的脸和一言不发的人的膝以下部分有光照着。起初我们还互相看看，很快，我们就不这样做了，全都牢牢盯住时间旅行者的脸。

第三章

“上周四我对你们当中的一些人讲过时间机器的原理，还带你们看过实验室里那台未完工的机器。现在这台机器仍在那儿，旅行后有些损坏，其中一根象牙杆裂了，一根铜杆弯了，但其他部件都完好无损。我本打算上周五完工，可上周五就要组装完毕时，我发现一根镍杆短了一英寸[1]，只得重做。结果，直到今天早上才把它装好。今早十点，第一台时间机器正式开始时间旅行。临走前，我又检查了一遍，拧紧所有螺丝，给石英手柄又上了机油，然后坐上座位。当时的感觉就像一个要自杀的人把枪对准脑袋，真想知道接下来会发生什么事。我双手握住启动杆和制动杆，按下启动杆，很快又按下制动杆。我好像在旋转，有一种叫人魂飞魄散的下坠感，朝四周一看，实验室跟以前没什么两样。真的动了吗？有那么一会儿，我开始怀疑我的智力蒙蔽了我。于是，我看看钟，本来指针指在十点零一分左右，可现在已经是三点半啦！

“我深吸了一口气，咬紧牙关，双手紧握启动杆，‘嘭’的一声

[1] 英寸：一英寸约等于 2.54 厘米。

出发了。实验室开始变得朦胧，然后隐没在黑暗中。沃斯切太太进进出出，显然没有看见我，现在正朝花园门走去。我猜她穿过房间大约要一分钟左右，谁知她像火箭似的飞驰而去。我把启动杆推到底，黑夜像灯熄灭一样突然降临，不一会儿，明天已经来临。实验室变得愈来愈模糊不清。明天晚上到来了，接着又是白天、黑夜、白天，日夜轮回越来越快。我的耳中充满了聒噪的嗡嗡声，一种难以名状的惶惑袭上心头。

“很难说清楚时间旅行中那种特殊的感受，非常难受，就像面对急转弯儿——眼睁睁地看着自己横冲直撞却又无能为力。当时，我心里就充满这种随时有可能被撞飞的可怕预感。我加快速度，黑夜和白天的交替就像一个黑翅膀扑腾那么快。模糊的实验室已踪影全无。太阳快速跳过天空，每分钟都在跳动，而每一分钟就是一天。我估计实验室已经被毁了，我来到一片空地上。我模模糊糊地看到脚手架，但速度太快，根本看不清移动物体。连慢腾腾的蜗牛都快得叫人受不了。黑夜与白天忽明忽暗的交替特别刺眼，透过断断续续的黑夜，我看到月亮在由缺到圆的过程中快速变化，隐约还能看到旋转的星星。随着我继续加速，飞快变化的黑夜、白天化为一股灰流，天空变得深邃幽蓝，就像晨曦的微光那样扣人心弦。跳跃的太阳成为一道火焰，在天空中筑起光彩夺目的拱门，月亮则成为一条暗淡的飘带。我已经看不见任何星星的存在，只有一个个光环闪烁在蓝天中。

“景象仍是模模糊糊的，我仍处在这栋房子坐落的山坡上，山肩高耸地呈现在我眼前，但显得暗淡无光。我看到树木犹如一股股蒸气生长变化着，忽而棕色，忽而绿色；它们成长、蔓延、战栗，直至死亡。我看见高大的建筑物拔地而起，忽隐忽现，又如梦幻般消失。似乎整个地球表面都在变——在我眼皮底下融化、流动。记录速度的仪表指针高速旋转，这时，我注意到太阳形成的光带上下晃动，不出一分钟，已从夏至到达冬至，结果我一分钟内可以走完一年。随着时间一分钟一分钟地流逝，先是大雪纷飞，继而消失，然后是盎然的春意。

“出发时那种不快的感觉已不那么强烈，取而代之的是神经质般的狂喜。我察觉到机器不知什么缘故笨拙地摇晃着，但我头昏脑涨的，无暇顾及，只是带着一股疯劲儿，一头扎进未来。起初，我不想停下来，除了体验那种新鲜感外，什么也不想。但不久，新奇的印象纷至沓来——一种好奇心油然而生，随后便是某种恐惧——它们最后牢牢地攫住了我。也许我一旦走近这个飞奔起伏的朦胧世界，人类社会的奇异进化就会消失，构筑在我们初始文明基础上的辉煌进步就会离我而去！我看见气势宏大的高楼大厦在我周围升起，这些建筑物比我们时代的建筑物高大得多，可是，它们似乎由光和雾组成；我看见浓浓的绿色在山坡上荡漾，郁郁葱葱，不受冬日侵扰。即使在我迷茫的眼中，世界仍是那么美丽动人。于是，我开始考虑停下来。

“特别危险的是在我或者我的机器占据的空间里可能发现某种物质。只要我高速穿越时间，问题不大，可以说，我变稀薄了——可以像水蒸气一样从干扰我的物质缝隙中一穿而过。但是，如果停下来，就可能一个分子一个分子地与阻碍我的物质发生碰撞，这意味着我的原子与障碍物会产生亲密接触，由此产生巨大的化学反应——可能会是一场大爆炸——把我和我的装备炸到所有维度之外——炸进未知世界里。我造这台机器时就在琢磨这事儿，但我很快采取了一种随遇而安的态度——这是人类不得不冒的险！可是，当这种危险近在眼前时，我还是慌了。主要是那种强烈的陌生感，那种叫人难受的剧烈摇晃，尤其是没完没了的下坠感弄得我心烦意乱。我告诫自己，千万不能停下来，但凭着一时冲动，我决定马上停止。我像一个捺不住性子的傻瓜，猛拉操纵杆，机器不住地颠簸起来，我从空中一头扎了下去。

“我的耳朵里响起了雷鸣声。我愣了好一会儿没回过神来。无休止的冰雹呼啸而至，我坐在草地上，机器翻倒在眼前。一切都显得灰蒙蒙的，但我感觉到耳鸣消失了。我环顾四周，我正坐在花园的一块小草坪上，周围是杜鹃花木，在冰雹的袭击下，紫色的杜鹃花瓣如雨般落下。跳跃不止的冰雹在机器上空结成一片云，如烟雾般朝地面倾泻。顿时，我浑身上下淋了个透。‘真好客，’我说，‘对一个走过无数年来看望你们的人来说。’

“我突然觉得把自己弄得这么湿很傻。我站起来，往四周一看，发现一座巨大的、用某种白石雕刻成的塑像，耸立在杜鹃花丛后面，透过雾蒙蒙的冰雹隐约可见。除此之外，其他什么也看不见。

“我很难描述当时的感受。待冰雹稍微小了一点儿后，白色雕像变得清晰起来。它很高大，白桦树只及它的肩膀。它是由汉白玉雕成，像带翅膀的斯芬克斯[1]，做展翅高飞状。雕像的底座，在我看来是铸铜，

[1] 斯芬克斯：希腊神话人物，即带翼的狮身女怪，传说常叫过路行人猜谜，猜不出者即遭杀害。

生了厚厚的铜绿。它的脸恰巧对着我，无神的眼睛打量着我，嘴角挂着一丝淡淡的微笑。这座雕像饱受风雨剥蚀，好像病恹恹的。我站在那儿盯着它看了半分钟，或许半个小时。随着冰雹忽大忽小，它好像忽进忽退。我终于挪开目光，发现帘子似的冰雹已变得稀稀拉拉，天空显出要出太阳的迹象。

“我再一次抬头看那座蹲伏的白色雕像的时候，猛然意识到这趟旅行有多鲁莽。雾帘完完全全掀起后会是什么情景？人类发生了什么变化？会不会变得残忍成性？要是人类恰好在这个阶段失去人性，进化成非人类，冷酷无情、力大无穷怎么办？我看上去可能像来自古老世界的野兽，就是那种比我们想象当中更令人厌恶、更叫人害怕的动物——只配一刀宰杀。

“我又看到其他的庞然大物——巨大的建筑物带有错综复杂的护墙和高大的立柱，层峦叠翠的山坡透过越来越稀薄的雨网朝我迎面扑来。恐慌攫住了我，我疯狂地转向时间机器，拼命想把它调整好。就在这时，阳光划破雨幕，泼洒下来，灰色冰雹一扫而空，像幽灵的拖地长袍一样飘然而逝。在我头顶上，几缕乌云在夏日湛蓝的天空急促盘旋，最终也消失得无影无踪。周围那些宏大的建筑物愈来愈清晰，雷雨的洗礼和尚未融化的冰雹把它们衬托得洁白耀眼。在一个陌生的世界里，我觉得自己像光着身子似的，感到自己就是那清澈天空中的一只鸟，清楚地知道鹰就在头顶上扇着翅膀，随时会猛扑过来。我害怕得几乎疯狂，深吸一口气，咬紧牙关，手脚并用，死命把机器翻过来。我的下巴被狠狠地磕了一下。我一手按住座位，一手握住操纵杆，喘着粗气，摆出一副要立即登上机器的姿势。

“由于随时可以撤退，我恢复了勇气。我开始好奇地打量这个遥远的未来世界，心里少了几分惧意。我看见在附近一所房子围墙内的圆形院子里，聚集着一群衣着华丽的人。他们看见了我，脸正朝着我这边。

“接着，我听到说话声越来越近。从白色斯芬克斯旁的花丛里不时能看到奔跑人群的头和肩。其中一个人已踏上通往小草坪的路，我和机器就在这块草坪上。他个头不高——约四英尺，穿着紫色短袖外衣，腰间系着皮带。穿着凉鞋还是露趾高筒靴，我看不清楚。从他腿部到膝盖都裸露着，注意到这点，我才第一次意识到天气有多暖和。

“他给我的印象是英俊、优雅，但难以想象的脆弱。他红润的脸叫人不禁联想起肺痨病人美丽的血色——就是我们常听说的那种面带潮红的美人。一见到他，我突然恢复了信心。我把手从机器上挪开。”

第四章

“我和那个精巧的未来人很快面对面地站在一起。他径直朝我走来，冲着我的眼睛笑着。立刻让我惊讶的是，在他身上我看不到丝毫惧意。他转向两个跟随他的同伴，用一种奇特的、甜蜜流畅的语言交谈起来。

“更多的人聚集过来，约有八到十个这种身材纤巧的人围住我。其中一个还向我致意呢。我突然莫名地觉得自己的嗓音对他们来说太粗嘎低沉，于是，我摇摇头，指指耳朵，再摇头。他朝我跨前一步，踌躇片刻，然后摸摸我的手。接着，我感到许多柔软的小手在触摸我的背和肩。他们只不过要确认我是真的，没什么值得大惊小怪的。说实在的，就是这些漂亮的小人儿激起了我的自信——他们那种温文尔雅，那种孩童般的满不在乎。再说，他们那么不堪一击，我猜我可以像玩九柱戏[1]一样，把十多个人抛掷出去。然而，当他们的粉红小手想去摸时间机器时，我立刻做了一个威胁的动作。所幸的是，亡羊补牢，未为迟也，我把手伸进机器护栏，拧开启动杆，把它塞进口袋里。

[1] 九柱戏：地滚球的一种，起源于中世纪欧洲大陆。

然后，我再转过身，看是否可以与他们交谈。

“近距离地观察他们，发现他们除了像德累斯顿瓷器[1]那么精巧美丽外，还有其他一些特征。他们的头发千篇一律地卷曲着，在颈部和双颊陡然而止，脸上一根毛都找不到。他们的耳朵出奇地小，嘴巴小巧，嘴唇薄而红润，下巴颏儿尖尖的。他们的眼睛大而温和。或许是我太自以为是——我觉得即便在这种情况下，他们对我的兴趣也没有想象的那么大。

“他们并不打算跟我交谈，只是站在我旁边微笑，相互低语。我决定开个头。我指指时间机器，指指自己。由于不知道如何表达时间，我指指太阳。叫我大吃一惊的是，一个小人儿顺着我的手势发出打雷的声音。他穿着紫白相间的格子袍服，优雅动人。

“虽然他的手势再明白不过，可有那么一会儿，我还是大吃一惊。我脑中闪过一个念头：这些生物是不是弱智？你们不懂我有多震惊。你们知道我总以为公元八十万零两千多年的人在知识、艺术及其他任何方面都比我们先进。谁知他们中的一个人问的问题表明他只具备我们时代五岁孩子的智力水平——问我是不是乘着雷雨从太阳上下来的！我一直无法对他们的衣着、柔弱的四肢、斯文秀气的面容做出合理的判断，现在我总算明白了。一阵失望涌上心头，有那么一会儿，我甚至认为制造时间机器是白费力气。

“我点点头，指指太阳，发出一声活灵活现的雷劈，吓了他们一

[1] 德累斯顿：德国城市名。18世纪以来即以产瓷器而著名，其彩绘纤细精美。

跳。他们都退后一步左右向我鞠躬。然后上来一个笑眯眯的，把一个花环挂到我脖子上，那些花我从未见过。此举赢得一片悦耳的掌声。他们随即都跑去摘花，笑着把花抛向我，弄得我差点儿透不过气来。你们没见过这些花真的难以想象，经过无数年的培育，那花儿有多娇艳精致。后来有人提议，他们的玩具应在最靠近的大楼里展出。于是，他们领我走过汉白玉雕成的斯芬克斯（这雕像好像始终微笑地注视着我惊讶的样子），走向一座灰色的巨型大厦，那大厦的基石遭风雨侵蚀得厉害。我跟他们走在一起的时候，忍不住好笑，我当初怎么就那么肯定我们的后代会是绝顶聪明而深沉的呢。

“这栋楼有一个巨大的入口，整座建筑气势磅礴、宏伟壮阔。我的注意力自然被越来越多的小人儿吸引着，同时，我还注意到，敞开的、高大壮观的正门幽暗而神秘。越过他们的头顶看去，是一片有着美丽灌木和花朵的荒地，一座显然长期无人打理，但也看不见任何杂草的花园，这就是我对这个世界的整体印象。我看见一种奇妙的白花，在盛开的、蜡样的花瓣里伸出若干长达一英尺的花穗。这些花像是野花，散落在各种各样的灌木丛里，但正如我说的，当时我没有仔细察看。时间机器就丢在草坪上的杜鹃花丛中。

“入口的拱门精雕细琢，不过当然，我没来得及仔细打量。经过时，我好像看到它有一些古老的腓尼基[1]装饰风格，令我诧异的是，那些雕刻经过风雨剥蚀，已是破败不堪。门道里，更多的衣着华丽的人前

[1] 腓尼基：今黎巴嫩、叙利亚和以色列毗邻地区的古名。

来迎接我，我们一起走进去。我穿着十九世纪的深色大衣，显得特别格格不入。我戴着花环，被流光溢彩的长袍、亮丽嫩白的胳膊环绕着，淹没在欢声笑语的涡流之中。

“宽大的门道通往一个大小与之相称的大厅，厅里挂着棕色的帘子。屋顶隐在阴影中，窗户有的装有彩色玻璃，有的没装，柔和的阳光照了进来。地板是由非常坚硬的、巨大的白色金属铺成，既不是薄板，也不是厚板——而是金属块。地板磨损得很厉害，人经常走的地方已形成深沟，估计因为曾被数代人走过。大厅一端摆放了无数张桌子，这些桌子都是用磨光的石板做成，离地面约一英尺。桌上的水果堆积如山。有的我能认出来，是长得特别肥硕的覆盆子和橙子，但大部分叫不出名儿。

“桌子之间散落着许多垫子，我的向导们在这些垫子上坐下，并示意我学他们样儿。他们在不举行任何仪式的情况下，用手抓起水果吃起来，果皮和果茎通通扔到桌旁的圆坑里。我不讨厌他们这种做法，因为我又饥又渴。我一边吃，一边抽空打量这个大厅。

“给我印象最深的是大厅一副年久失修的景象。污迹斑斑的窗子只看得出是一些几何框架，许多地方的玻璃碎了，垂下来的窗帘布满灰尘。我注意到我旁边一张大理石桌子还缺了一个角。然而，总的感觉还是富丽堂皇、仿如画境。大厅里有数百人用餐，大部分人尽可能地坐得离我近一点儿，饶有兴趣地观察我，小眼睛越过他们吃的水果堆灼灼发光。所有人都穿着同样柔软、结实的丝质服装。

“顺便说一下，水果是他们唯一的食品。这些遥远的未来人是严格的素食者，跟他们在一起，我虽然馋肉，也只好用水果充饥。的确，后来我发现马呀、牛呀、羊呀、狗呀，都步鱼龙[1]的后尘灭绝了。但是水果非常好吃。特别有一种，至少我在那儿时从未断过季——面面的，外壳是三边形的，口感尤其好。我把它当作主食。起初，我对这些奇怪的水果和所见到的奇异的鲜花感到疑惑，后来才开始了解它们的意义。

“这就是我要告诉你们的遥远未来的水果晚餐。当我稍有点儿饱的时候，我决定设法学习这些新人类的语言。这显然是我接下来该干的事。从水果学起再合适不过。我拿起一个水果，发出声音、做着手势，开始一连串的询问。看样子要说清自己的意思相当难，起初，我的努力不是招来疑惑的目光就是引起哄堂大笑，不过很快有个金发小家伙理解了我的意思，重复说出一个名称。他们不得不用一大串话相互解释这件事。我首先学发他们语言中的精巧音节，我的尝试逗得他们乐不可支。然而，我感到自己像一群孩子中间的老师，我坚持不懈，很快学会了二十来个名词。接着，我向指示代词进军，甚至还学会了动词‘吃’的发音。这个工作费力劳神，那些小人儿很快累了，纷纷回避我的询问。我只好决定在他们想教的时候一小点一小点地学，不久，我发现我学到的东西少得可怜，因为我从未遇到过这么懒惰、这么容易疲倦的人。

“我在我这些小主人身上发现一件奇怪的事，那就是他们对什么

[1] 鱼龙：巨型水生爬行动物中的一种，生活在1.6亿年前的侏罗纪时期，后灭绝。

都缺乏兴趣。他们会像孩子似的，一见到我就发出急促的惊讶叫喊，但也像孩子一样，很快不再注意我，而去玩别的玩具。晚饭和最初的谈话一结束，我注意到第一拨陪伴我的人几乎全溜光啦。同样奇怪的是，我也不再理会这些小人儿。我一吃完就穿过大门来到阳光灿烂的户外。我不断遇见这些未来世界的人，他们会跟随我走一段，笑啊、议论啊，微笑着、友好地打个手势，然后就撇下我不管了。

“我从大厅出来时，黄昏的宁静已降临大地，温煦的余晖洒向周围的景物。一开始，我不知所措，这与我了解的世界太不相同——甚至鲜花都不一样。我走出来的那栋大楼坐落在一条大河谷地的斜坡上，但泰晤士河已偏离现在这个位置一英里。我决定爬上约一英里半以外的一个山顶，用更开阔的视野来看公元八十万两千七百零一年的地球，顺便提一下，这个是我的机器仪表上记录的时间。

“我边走边留神观察，看看有什么可以帮助解释，为什么这样一个绚丽壮观的世界会如此破落——成为一片废墟。比如，再往山上走几步，能发现巨大的花岗岩石堆，被大量的铝块穿在一起；还有一座迷宫，由陡峭的墙壁和废墟组成。迷宫中长着茂盛的宝塔形植物——多半是荨麻——但叶子呈美丽的棕色，而且不扎人。这显然是某种大型建筑的废墟，为什么而建，我就不得而知了。在随后的日子里，我命中注定要在这儿有一段非常奇怪的经历——一个更奇怪发现的最初征兆——关于这一点，我准备到适当的时候再讲。

“我突然心生一念，从歇脚的台阶往四周一瞧，发现一栋小房子都看不见。显然，独立房屋，甚至可能连家庭都已不复存在。隐身于绿荫丛中的是宫殿般的建筑物，构成一道英国风景线的家宅和小屋都没了踪影。

“‘共产主义。’我自言自语。

“接踵而来的又是另一个念头。我注视着跟随我的五六个小人儿，突然注意到所有人穿着同一样式的服装；有着同样的没有胡子的娇嫩脸蛋；有着同样的姑娘般的圆润胳膊。真奇怪，我以前怎么没注意到。现在再明白不过了。我们现在的人在穿着打扮上还是男女有别的，未来人就根本看不出这一区别了。孩子们在我眼里只是父母的缩影。我估计孩子们特别早熟，至少在生理上是这样。后来，我找到了丰富的证据证实这一点。

“见到这些人活得如此安逸悠闲，性别差异的减小也在意料之中，因为在一个体力决定一切的社会中，男人的阳刚、女人的温柔、家庭的建立、职业的分化都只是战斗的需要。人口多而发展均衡的地方，生育过多对国家来说是不幸而不是福音；暴力罕见，儿童安全有保障的地方，高效率家庭就显得不那么重要——压根儿就没有存在的必要，根据孩子需要而形成的男女分工也化为乌有。这种情况甚至在我们这个时代就已初现端倪，在那个未来世界里趋于完善。我提醒你，这是我当时的想法，后来才发现这与现实多么不符合。

“就在我沉思的当儿，我的注意力被一个小型建筑吸引住了，那好像是一口带亭子的井。怎么还会有井存在？我心中闪过一丝诧异。很快，我又陷入遐想之中。山顶上不见高楼大厦的踪影，由于我善于步行，很快把其他人甩在身后，第一次成为孤身一人。一种奇特的自由感和冒险感油然而生，我继续爬上了山顶。

“我在山顶上发现一把椅子，由一种叫不出名的黄色金属制成，椅子长满粉色的锈，一半掩埋在柔软的青苔里。椅子扶手被铸成格里芬[1]的头的模样。我在椅子上坐下来，俯瞰着漫长白日将尽时，笼罩在落日余晖中的古老世界。景色美不胜收。太阳已沉入地平线以下，西边晚霞似火，金光灿灿，几抹朱红色和紫色呈水平状点缀其中。下面是泰晤士河谷，河流像擦亮的钢条一样镶在中间。我已提过，绿树丛中到处点缀着雄伟壮观的宫殿，有的已成废墟，有的还住着人。在这个荒园世界里，到处露出银白塑像的身影，到处显现出凉亭和方塔的笔直线条。这里没有篱笆，没有私有权标志，没有农业活动的迹象，整个世界就是一个花园。

“注视良久，我开始对所见之事做出解释，我的解释跟那天晚上的理解基本上是一致的（后来我发现我只掌握了一半真相——或者是只看到了真相的一个方面）。

“我似乎碰巧看见人类的没落。残阳似血，使我联想到人类的衰落。我第一次认识到我们目前的努力奋斗会产生什么样的怪异后果。仔细一想，就知道这个后果多么符合逻辑。力量是需求的产物，安全往往照顾的是弱者。改善生活条件的努力——也就是使生活越来越安全的真正的文明化过程——已稳步达到巅峰。人类团结起来，一次又一次地战胜自然。我们目前只能梦想的事情，未来人已经在有计划地

[1] 格里芬：希腊神话中鹰头狮身带翼兽。

着手进行、付诸实施，其结果就是我所看到的！

“毕竟当今世界的卫生条件、农业还处在初始阶段。我们时代的科学只攻破了少数疾病难关，但即便如此，科学仍在稳步、坚定地推广它的作用。我们的农业和园艺业只是在各地消灭某种杂草，或许还培育了二十多种优良植物，但大多数植物只能靠竞争来获取均衡的生存空间。我们靠选择性繁殖来逐步地改良我们偏爱的动植物品种——这些品种少得可怜：一会儿是改良桃子，一会儿是无核葡萄，一会儿是更大更香的花朵，一会儿又是饲养方便的牛。我们只能逐步改良这些动植物，因为我们的设想是模糊而试探性的，我们的知识是有限的；也因为大自然在我们笨拙的手里胆小迟钝。总有一天，一切会变得井然有序，甚至更好。这是大势所趋，尽管会出现一些逆流。整个世界会变得理智、有教养、富有合作精神，而且越来越快地朝征服大自然的方向发展。我们最终会明智地、细心地调整动植物的生态平衡，以满足人类需要。

“我认为这种调整已经做了，而且做得不错。的确各个时代都在做，我的机器飞越的所有时空都在做。蚊子不见了，杂草或真菌消失了；到处是瓜果和甜美的鲜花；四处彩蝶翩翩。预防疾病的目标已经实现，疾病一扫而空。我逗留的那段时间里看不见任何传染病的迹象。我等会儿还要告诉你们，就连腐烂过程也受到这些变化的影响。

“社会生活也取得了辉煌成果。人类居住在华美的大厦里，衣着鲜亮，却看不见劳作。既没有社会斗争，也没有经济斗争的迹象。构成我们世界实体的商店、广告、交通和所有商业活动一去不复返了。

在那个金色的傍晚，我很自然地认为这是一个社会天堂。我猜增加人口会有困难，人口已经停止增长。

“然而，有变化，就会产生针对这种变化的适应性。除非生物科学是一个巨大错误，那么，人类智慧和精力究竟从何而来？艰苦和自由是使活跃、强壮、敏锐的人生存，使弱者淘汰的条件，这些条件对能人之间的忠诚合作、自律、忍耐和果断青睐有加。而家庭机制，由此而产生的感情、强烈的嫉妒、对子女的关爱、父母的自我奉献在孩子面临危险时都能找到存在的合理性。问题是，这些步步紧逼的危险还存在吗？于是，一种情绪开始滋生、成长，排斥夫妻之间的嫉妒，排斥狂热的母爱和所有激情。这些没用的东西使人不自在，是野蛮人的生存状态，优雅愉快生活中的不和谐音。

“我思忖着这些人的羸弱、低智和那些庞大的废墟，更加坚信人类彻底征服了大自然。战斗之后是一片沉寂。人类曾是强壮、聪慧、精力充沛的，能调动充沛的生命力来改善自己的生存环境。现在，这些经过改善的环境开始反作用于人类。

“在最为舒适、安全的新环境中，那种蠢蠢欲动的精力、那种力量，已成为我们的弱点。即便在我们的时代，一些曾是生存所必需的趋向和欲望往往成了失败的源泉。比如，对文明人来说，勇气和好战没什么帮助，甚至还可能成为障碍。在身体健康、安全的环境中，智力和体力都用不上。我估计在漫长的岁月里，没有来自战争和个人暴力的危险，没有来自野兽的危险，没有消耗性的疾病，因此也就不需要强壮的体魄，也没有劳作的必要。在这种生活中，我们称为弱者的人也跟强者一样，具备同样的保护能力。他们甚至比强者活得更好，因为强者会为精力无处发泄而烦恼。毫无疑问，我看到的那些美轮美奂的建筑物是人类最后一次毫无目的的精力大发泄，随后，人类进入一个与居住环境和睦相处的阶段——那场辉煌的胜利带来了最后的和平。这就是绝对安全中的精力的归宿——先是发泄在艺术和色情上，接踵而来的则是疲软和衰退。

“这种艺术冲动最终也会消亡——在我看到的时代已消失殆尽。用花打扮自己，在阳光下唱啊、跳啊——就剩下这点儿艺术精神，别的什么也没有了。就连这一点最终也在知足常乐的状态中泯灭。我们时时担心受到需求和痛苦的砂轮磨砺，而在我看来，这块可恨的砂轮在这儿终于被砸碎！

“我伫立在渐浓的暮色之中，心想通过这个简单的解释，我把握住了这个世界的问题——掌握了这些可爱人类的全部秘密。他们控制人口增长控制得太好，人口在下降，而不是保持稳定。难怪会有那么多废弃的房屋。我的解释很简单，并像大部分谬论一样，完全说得通。”

第五章

“我伫立着，对人类所取得的辉煌成就产生了无限遐思，就在这当儿，一轮金黄的圆月从东北方的银辉中冉冉升起。山下已见不到衣着鲜亮的小人儿活动，一只猫头鹰悄无声息地滑翔而过。我在清冷的夜里打了个寒噤，决定下山找一个睡觉的地方。

“我寻找熟悉的大厦。目光不经意地扫过铜座上的白色斯芬克斯，随着满月升起，雕像清晰可辨。我能看到雕像旁的银色白桦树，一簇簇杜鹃花丛在惨淡的月色中显得黑黝黝的，我还能看到那块小草坪。我朝草坪又瞧了一眼，心里一凉，一阵疑虑取代了悠然自得的心境。‘不会的，’我坚定地说，‘不是那块草坪。’

“但就是那块草坪。斯芬克斯那张坑坑洼洼的白脸就朝着那块草坪。一旦确认，你能想象我的感受吗？肯定想象不出。时间机器没了！

“就像脸上猛地挨了一鞭，我可能会就此失去自己的时代，无助地留在这个陌生的世界里。仅仅意识到这一点，我就难以自持。我喉头发紧，几乎透不过气来。紧接着，我陷入极度恐慌，大踏步地冲下山坡。中途，我曾一头栽在地上，划伤了脸。我没时间止血，跳起来就跑，热乎乎的血顺着面颊和下巴汩汩而下。我跑着，一直对自己说：‘他们只是把机器移开了一点，移到路边灌木丛底下去了。’尽管这么宽慰自己，我还是竭尽全力地奔过去。极度的恐惧往往带给人的是一种无可挽回的感觉，所以我始终认为这种宽慰自欺欺人，本能地意识到机器早不见了。我呼吸困难，好像只用了十分钟的时间就跑完了从山顶到小草坪约两英里的路程。我已经不年轻。我一边跑，一边大声咒骂，责怪自己不该满不在乎地把机器留在草坪上，白费这么多力气。我大声喊叫，却无人应答。月光下，没有一丝生命活动的迹象。

“来到草坪，我最担心的事情变成现实。时间机器消失得无影无踪。面对黑黝黝的灌木丛中的这片空地，我感到天旋地转、浑身冰凉。我疯狂地围着这片空地转圈，似乎想在哪个角落里找到时间机器。然后我突然停下来，用手死死揪着自己的头发。铜座上的斯芬克斯俯视着我，一张脸在月光下惨白发亮、凹凸不平。它好像在嘲弄我的痛苦。

“我本可以想象这些小人儿替我把机器保管好，并以此来安慰自己，但他们那羸弱的身体和幼稚的智力使人实在无法相信他们能做得到这点。令我担心的是：我觉得有某种未知的力量，就是在它的作用下，我的发明失踪了。但有一点我心中有数：除非其他时代生产出一模一样的复制品，否则休想让这台机器在时间里移动。操纵杆上的附加装置可以阻止人们胡乱拨弄这台机器，方法以后再演示给你们看。因此，机器是挪动了，被藏了起来，但只会在空间里挪动。那么，它被藏到哪儿去了呢？

“我想我一定急疯了。我记得我绕着斯芬克斯，在月光沐浴下的灌木丛里跑进跑出，惊跑了一只白色动物，在朦胧的月色中，看上去像一只小鹿。我还记得，那天深夜里，我拼命捶打灌木丛，直到关节被划破，血顺着破裂的血管流出来。我在极度痛苦中哭喊着，走向石头建筑。大厅漆黑一片、阒寂无人。在坑坑洼洼的地板上，我滑了一跤，跌倒在一张孔雀石桌子上，差点儿摔断了腿。我点着一根火柴，走过我前面提到过的，满是灰尘的窗帘。

“我在那儿发现另一个大厅，里面铺满垫子，有二三十个小人儿睡在里面。他们一定觉得我的第二次出现奇怪极了：在静悄悄的夜里突然冒出来，语无伦次、气急败坏，手里还拿着燃烧的火柴。因为他们已经忘记火柴的用途。‘我的时间机器呢？’我像一个生气的孩子那样声嘶力竭地喊着，一边把他们摇醒。我那副模样对他们来说一定奇怪极了，有人大笑起来，但大部分人一脸惊惧。当看到他们都站在我身旁时，我猛然意识到重新唤醒他们的恐惧是多么愚蠢的念头，尤其是在当时的情景下。因为，从他们白天的行为来看，我认为他们已经忘却害怕的滋味。

“我立刻抛下火柴，穿过饭厅冲出去，一路上趔趔趄趄，还撞翻了一个人。我来到月光下，听到惊恐的叫声，还有他们的小脚四处奔跑、跌撞的声音。当月亮爬上天空时，我已记不得自己到底做了什么。估计是这突如其来的损失把我逼疯了。我与我的同类人失去了联系——成了陌生世界里的一头怪兽，对此我深感绝望。我当时一定在呓语般地喃喃、尖叫，向上帝和命运苦苦哀求。我记得这一切：在漫漫绝望之夜逐渐消逝之际，可怕的疲惫袭上身来，我毫无指望地这儿瞧瞧，那儿看看；在月色笼罩的废墟中摸索，不断触到阴影中的奇异生物；躺在斯芬克斯旁凄凄惨惨地啜泣。我除了悲哀一无所有。后来，我睡着了，醒来时，天已大亮，几只麻雀在我身边的草坪上欢蹦乱跳，触手可及。

“我在早晨的清新空气中坐起来，努力回忆自己如何到了这儿，为什么会如此强烈地感到孤寂绝望。渐渐地，我的头脑变得清晰。在清晰的阳光下，我开始变得理性，敢于直面自己的处境。我意识到前一天夜晚，我的疯狂造成了多么荒唐的错误，幸亏现在又恢复了理智。‘想想最坏的会是什么，’我说，‘假设我彻底失去了时间机器，或机器遭到了破坏，那我就应该冷静而有耐心，入乡随俗，应该对这台机器的原理、对如何搞到材料和工具了如指掌，这样我才有可能重做一台。’这是我唯一的希望，总比绝望好。而且，这毕竟是一个美丽而新奇的世界。

“也许机器只是被挪走了。我仍旧要保持冷静和耐心，找到它的藏身处，用武力或耍手段夺回它。想到这里，我一跃而起，四周看看，打算找一个洗澡的地方。我累极了，浑身僵硬，风尘仆仆。清新的早晨使我也渴求同样清新的身心。我已经发泄够了。的确，就在我忙着处理事情时，心里还想着前一天夜晚的狂乱心情。我仔细检查小草坪周围，徒劳地询问路过的小人儿。他们都不懂我的手势，有的漠不关心，有的则当笑料，朝我大笑。我恨不得朝他们漂亮的笑脸掴去一掌。这当然是愚蠢的冲动，但心中导致恐惧和盲目愤怒的魔鬼是很难对付的，而且这个魔鬼还在急于利用我的惶惑不安。草坪提供了一些线索，我发现在斯芬克斯底座与我的脚印之间有一道车辙，这脚印是我抵达那天想把底朝天的机器翻过来时留下的。附近还有其他搬动的痕迹，而且能看到奇怪的脚印，窄窄的，就像是树懒留下来的。于是，我仔细观察了斯芬克斯的底座。我前面说过，它是铜制的，不是一整块铜，每一面都用厚镶板装饰而成。我走上去敲了敲，底座是空的。仔细检查这些镶板，发现它们跟底座不是一个整体。虽说没有把手和锁孔，但如果这些镶板是门的话，那就一定是朝里开的。事情再明白不过了，不用费多少脑筋就能推断出我的时间机器就在底座里。至于它是怎样进去的，那是另外一回事。

“我看到两个穿橙色长袍的人穿过灌木丛，从鲜花盛开的苹果树下朝我走来。我微笑地转过身，示意他们过来。他们果然过来了，我指指铜底座，表达了想打开的意思。我刚打了一个手势，他们的行为就变得古怪起来。我不知道如何描述他们的表情。就好像你对一位文雅的女士做了一个很不雅的动作，那她就会有这种表情。他们像受到极大侮辱似的离开了。我又朝一个身着白袍的小伙子做了个手势，结果还是一样。不知怎的，这情形让我感到羞耻。然而，你们知道我不能没有时间机器，于是我又试着问他，他像其他人一样，掉头就走，我按捺不住，猛跨三步，追上他，一把揪住他宽松的脖领子，把他拖向斯芬克斯雕像。这时，我看到他的脸上流露出恐惧和厌恶的神色，突然间，我松开了手。

“我不甘心，使劲儿捶着青铜镶板，我觉得里面有动静——确切地说，我认为我听到了咯咯的笑声——但那一定是我的错觉。我从河里捡起一块大鹅卵石，拼命砸啊，直到砸平卷曲的饰边，铜锈雪片般地落下。那些瓷娃娃似的小人儿在相隔一英里的地方一定听到了阵阵敲击声，但我一无所获。我看到一群人聚集在山坡上，鬼鬼祟祟地朝我这边看。最后，我又热又累，只好一屁股坐在地上，守着这块地方。但我太过焦虑不安，是不能就这样干守着的：我不像东方人那样静得下来，吃不消长时间地熬夜。我可以成年累月地埋头解决一个难题，但让我二十四小时傻等，我做不到。

“过了一会儿，我站起来，开始毫无目的地穿越灌木丛，朝山上走去。‘要有耐心，’我自言自语，‘如果你想要回你的机器，最好别碰斯芬克斯。假如他们真要拿走你的机器，损坏他们的铜镶板也无济于事；假如他们没有拿走的意思，你问他们要，他们会给的。置身于一片陌生的环境，面对这样一个谜团是看不到希望的，只会走火入魔。必须正视这个世界，入乡随俗，仔细观察这个世界，三思而行。到最后你会找到答案的。’突然，我觉得这件事变得很滑稽：我在书房花费数年心血，为的是能走进未来。但现在，我又急于走出去。我为自己设置了一个最复杂、最棘手的圈套。虽说是以自己为代价，我仍忍不住大笑起来。

“我走过大宫殿时，感到那些小人儿都在回避我。这可能是我的想象，也可能与我敲击青铜门有关。不过，我敢肯定他们确实在回避我。我小心翼翼，尽可能表现得毫不在意，也克制住自己不去追逐他们。一两天后，一切恢复正常。我在语言上取得了我可能取得的进步，我还四处勘探了一番。要么，我没有领会他们语言的精妙之处；要么，他们的语言过于简单——几乎完全由具体名词和动词组成。好像没有抽象词汇,比喻用法也不多。他们的句型通常很简单,由两个单词组成,我只能表达或听懂最简单的意思。我决定把时间机器和斯芬克斯下面神秘的青铜门埋入记忆深处,等到我的知识日渐增长,这些问题自然会迎刃而解。可是,你们也许理解,我怀有一种情结,只愿意在着陆点周围几英里的范围内活动。

“就我目力所及,整个世界呈现出泰晤士河谷的富庶丰沛。从我爬过的每座山头,都能看到同样富丽堂皇的,材料多样、风格迥异的建筑;能看到同样绿意浓郁的常青藤,鲜花盛开的树和蕨类树种。水面处处波光粼粼。更远处,大地隆起,形成起伏的蓝色山丘,最后没入安详宁静的苍穹。有一种特殊的景物引起了我的注意,那是一种圆形的深井,有好几个,其中一个就在我第一次上山的路旁。同其他井一样,它是用青铜饰边,制作奇特,上方有一凉亭遮雨。坐在井边,朝黝黑的井道俯视,我看不见水光,通过点燃的火柴也看不见水的反光。但所有的井里都发出某种声音:砰——砰——砰,像是某种大型发动机的声响。通过燃烧的火柴,我发现有一股稳定的气流直冲井道,我往井口扔进一张纸片,纸片不是轻飘飘地落下去,而是快速下沉,顷刻消失得无影无踪。

“随后,我慢慢意识到这些井与坐落在山坡上的高塔有着某种联系,因为高塔上方可以看到常出现在炎热海滩上的闪光。综合起来考虑,我受到一个有力的启发:这是一个分布广泛的地下通风系统,其真正含义,不得而知。我最初倾向于把它和这些人的排污系统联系在一起。这个结论是显而易见的，但实际上却大错特错。

“我得承认在这个真实的未来世界里，我对排水系统、井、输送方式以及类似的便利设施知之甚少。在我读过的有关乌托邦和未来世界的描绘中，有详细的建筑、社会结构等方面的介绍。如果整个世界没有超出我们的想象范围，这些细节不难获得。但在我此刻面临的现实中，一个真正的旅人根本就掌握不了这些细节。试想一下，一个到过伦敦的中非黑人能给他的部落带回去什么？他又怎么弄得清楚铁路公司、社会运动、电话线、电报线、包裹传递公司以及邮政业务等？但我们至少愿意给他解释。即使他理解，他能保证让没来过的朋友也理解或相信吗？再说，想想看一个黑人和我们时代的一个白人之间的距离有多近，而我与这些黄金时代的人之间的距离有多远！我知道许多看不见的东西，知道什么可以为我提供便利。不过，除了对这个自动化社会结构有一个整体印象外，我恐怕说不出多少不同之处。

“至于说丧葬之事，我没发现火葬场和坟墓的任何迹象。我估摸我也许没能找到公墓（或火葬场）。我有意向自己提出这个问题，而我的好奇心未得到丝毫满足。这件事令我迷惑不解。而且，我有了进一步的发现：这些人中间根本看不到年老体弱者，这个发现更把我弄糊涂了。

“我最初认为这是一个自动化的文明，一个衰落的人类社会。现在我得承认这种理论站不住脚，但我又想不出别的。我给你们讲一讲我的困难。我光顾过的几个大宫殿只是客厅、大饭厅和卧房。我没有发现任何形式的机器和设备。但这些人的衣服质地华美，时时需要更新换代。他们的凉鞋虽然没有装饰，却是一种相当复杂的金属制品。这都得制作出来啊。可这些小人儿不具备丝毫创造力，这儿没有商店、车间，没有进口贸易的迹象。他们所有时间都花在文雅的玩耍、河中沐浴、半真半假地谈情说爱、吃水果、睡觉等方面。我不懂他们靠什么来维持这种生存状态。

“再回到时间机器：我不知道是什么把它带入斯芬克斯的空底座里，又是出于什么目的。我怎么也想不明白。还有那些枯井，那些闪光的柱子。我百思不得其解。我觉得——怎么说呢，就像你看到一段碑文，主要用非常浅白的英语写成，但其中不时地穿插着一些莫名其妙的文字。在我到达的第三天，公元八十万两千七百零一年的世界给我的印象就是这样。

“就在那天，我交了一个朋友——应该算得上是朋友吧。我当时恰巧在看一群小人儿在浅水处戏水，其中一个因抽筋而被水冲走。水流较急，但即使是水性一般的人也能应付。你们这下子该知道这些人有多虚弱了。他们眼睁睁地看着那个哭喊着的小人儿溺水，却无人伸以援手。见此情景，我急忙脱掉衣服，从下游蹚水过去，把那个可怜的小不点儿拽上岸。我给她的四肢稍作按摩，她便苏醒了。在我离开她之前，她已完全恢复正常。我对这些人评价不高，所以没指望她会有什么感激的表示。但实际上，我错了。

“这是早上发生的事。我可能是在下午又遇见了她，那时我正从一次探索中回到自己的大本营。她一见到我就欢呼起来，送给我一个大大的花环——显然是专门为我做的。这引起了我的遐想，我可能太寂寞了。我尽可能地表示出对这份礼物的欣赏。很快，我们在一个石头凉亭里坐在了一起，并聊起来。我们主要用微笑来表达心意。她就像孩子一样表示对我的好感。我们互赠鲜花，她亲吻我的手，我也亲吻她的手。我试着与她交谈，得知她叫韦娜。我不知道这个名字的含义，但我觉得对她很合适。就这样，一段奇妙的友情开始了，并在持续一周后结束——我会告诉你们是如何结束的。

“她就像一个孩子，老缠着我，寸步不离地跟着我。在我随后的旅行中，我想把她拖垮，撇下她，任凭她哭天喊地也不再理会她。我毕竟要摸清这个世界存在的问题。我对自己说，我来到未来不是为了得到一份缩微的恋情。可是，她的痛苦是那么真挚，她求我不要离开她，那口气几乎疯狂，总之，她的深情带给我的麻烦和安慰一样多。不过，她的确是一个开心果。我估摸她对我如此依恋是因为她对我怀有一种孩子般的感情。我一直不知道我的离开给她造成了多大的伤害，知道这点已为时太晚；我一直不明白她对我来说有多重要，等我意识到也已为时太晚。因为，这个小洋娃娃用她的爱意，用她那无力而微不足道的关怀使我感到回到斯芬克斯雕像附近就像回到了自己的家。我一爬上山就在寻找她那黄白相间的身影。

“也是从她那儿，我得知恐惧并没有离开这个世界。白天，她无所畏惧。奇怪的是，她一点儿也不怕我。有一次，我愚蠢地做出威胁的怪模样，她只是哈哈大笑。但她害怕黑暗，害怕阴影，害怕黑色的东西。黑暗对她来说是恐惧的化身。这是一种非常强烈的情感，引起了我的深思和留心。我发现天一黑，这些小人儿就聚集到大房子里，依偎在一起睡觉。只要不带着光亮接近他们，就会引起一阵警觉的骚动。天黑以后，我从未发现有人在露天睡觉，也没发现有人在房里独自睡觉。但我却蠢到未能从他们的恐惧中汲取教训。不管韦娜如何伤心，我坚决不肯跟他们睡在一起。

“这使她感到烦恼，但最终，她对我的奇特的爱战胜了恐惧，在我们相识后的五个晚上，包括最后一晚，她都枕着我的胳膊睡觉。不过一说到她我就想起了另外一件事。就在她得救的头天晚上，我在黎明时分醒来，睡得很不安稳，做了个不舒服的梦，梦见自己溺水，海葵的触角已缠上我的脸。我突然惊醒，有一种奇怪的感觉，觉得有只灰色动物刚刚冲出房间。我想继续睡，但摆脱不了不安和难受。那正是天蒙蒙亮的时候，黑暗刚刚褪去，周围一切都暗淡无色，但已现轮廓，显得那么不真实。我爬起来，走过大厅，踏上宫殿前的石板路。我想我该去做非做不可的事儿，并且看看日出。

“月亮开始下沉，逐渐消失的月光和黎明的第一缕苍白糅合成鬼魅般的朦胧。灌木丛仍是漆黑一片，大地呈现出肃穆的灰色，天空阴郁而无色。爬上山后我认为遇见了鬼魂。好几次我扫视山坡的时候，看到一些白色身影。有两次我见到一个猿猴样子的白色家伙迅速跑上山，还有一次在废墟附近，我看到他们一群人在搬运某种黑色的物体。他们走得很快，不知去了哪里，好像消失在灌木丛里。你们知道，黎明时一切都还是模模糊糊的，你们想必了解，我还正处在凌晨那种寒冷、迷糊的状态之中。我怀疑自己看错了。

“当东方发亮、白昼降临、绚丽多彩的颜色回归大地的时候，我更仔细地观察了一下周围环境，但再也看不见那些白色身影。他们只是半明半暗中的活物。‘一定是鬼，’我说，‘我想知道他们究竟属于哪个历史时期。’我脑海里突然浮现格兰特·阿伦[1]的理论，心里不由得一乐。他认为，假如每一代人死后都留下鬼魂的话，这个世界会被挤爆的。照这个理论，公元八十万年左右，鬼魂一定是多得难以计数，难怪我一下子能看见四个。不过，这种玩笑难以服人，整个早上我都在想着这些人影，直到救了韦娜才罢休。我不肯定地把他们与我第一次疯狂寻找时间机器时惊起的白色动物联系起来。但韦娜是一个可爱的替代品。不过，他们迟早会牢牢地占据我的心思。

“我想我说过这个黄金时代比我们时代热得多。我不知道是什么原因。也许太阳变热了，或地球更靠近太阳。一般认为将来太阳会逐步冷却。但人们由于不熟悉小达尔文[2]的推测，因而忘记了行星终究会一个一个地回归母体。当这种灾难发生时，太阳将重新获得能量燃烧起来，某些比较靠近太阳的行星就可能会在劫难逃。无论是什么缘故，事实是那个时候太阳比我们了解的要热得多。

“在一个炎热的早晨——我认为是第四天——我来到我栖身的宫殿附近一个巨大的废墟避暑，奇怪的事发生了：我爬过瓦砾碎石，发现一个长长的博物馆，侧窗和尽头的窗户都被滚落下来的石块封死了。与外面耀眼的光线相比，博物馆最初给我一种黑暗幽深的感觉。因为从亮处走进黑暗，我感到眼冒金星，只能摸着走。忽然，我像中了魔

[1] 格兰特·阿伦（1848—1899），英国生物学家。

[2] 小达尔文：英国天文学家，是著名生物学家达尔文的二儿子。

咒似的定在原地：黑暗中，有一双眼睛在日光的反射下灼灼发光，正在注视着我。

“过去那种对野兽的本能恐惧攫住了我。我握紧拳头，死死盯住那发亮的眼球。我不敢挪开目光。接着，我想起来这里的人类看上去是生活在绝对安全之中的。我又想起他们对于黑夜的莫名恐惧。我定了定神，向前跨一步，开始说话。我得承认我的嗓音刺耳，而且有点儿失控。我伸出手，碰到一个软绵绵的东西。那双眼睛立刻挪开了，一个白色的东西从我身边跑过。我的心都吊在嗓子眼儿啦，我一转身，看见一个奇怪的、猿猴一样的小东西，它的头以一种特殊的方式低垂着。它跑过我身后有阳光照射的地方，在花岗岩石块上绊了一跤，踉跄了一下，不一会儿就躲进另一堆瓦砾的阴影之中。

“当然，我的印象并不完整，但我知道这种动物呈白色，有一双大得出奇的灰红色眼睛。它的头和背部长着淡黄色的毛。不过，对我来说它跑得太快，看不太清楚。我都不知道它是四条腿跑的还是上肢只是低垂着。我稍作迟疑，还是跟着它到了第二堆废墟。一开始，我找不到它，但过了一会儿，透过深邃的黑暗，我碰巧看见了那种我告诉过你们的圆井，一根倒塌的柱子把井封掉了一半。我脑海里灵光一现：那东西会不会躲进井里？我点燃一根火柴往下看，发现一个小小的白色东西在移动，它一边后退，一边用明亮的大眼睛牢牢盯住我。它让我发抖，它太像人形蜘蛛了。它正沿着井壁往下爬，我这才注意到井道里有金属脚手架，组成梯子的模样。这时，火柴烧到我的手，从手里掉落，落下时熄灭了。待我又划亮一根时，小怪物已不见了。

“我不知道自己坐在井边往下看了多久。许久以后，我才说服自己，我看到的东西是人。事情渐渐地露出真相：人类不止一个种类，而是分化成两种不同的动物，地面世界那些文雅的孩子不是我们时代的唯一后裔，这种在我眼前一晃而过的，发白的、猥琐的夜间动物也是所有时代的继承人。

“我思忖着闪光的柱子和我的有关地下通风系统的理论，开始怀疑其真实含义。我想知道这种‘狐猴’在我认为的完美无缺的社会组织中究竟是干什么的？它与慵懒恬静、美丽多姿的地面人究竟是什么关系？井底到底隐藏着什么？我坐在井边告诫自己，无论如何没什么好怕的，我必须下去寻找问题的答案。尽管如此，我心里仍发怵。就在我犹豫之际，两个漂亮的地面人打情骂俏地穿过阴影中的日光朝这边跑来。那男的一边追逐着女的，一边朝她抛掷花朵。

“他们见我扶着倒地的柱子往井下看，似乎很难受。显然提到这些井都不应该。因为，当我指着这口井，打算用他们的语言问一个问题时，他们看上去更加难受，并扭过脸去。但他们被我的火柴吸引住了。我特意点几根逗他们开心，又询问他们有关井的问题，还是不成功。我马上丢下他们，去找韦娜，看能不能从她那儿找到答案。但我已经是思绪万千：我的猜测和印象开始有所调整。我开始对这种井的用意，那些通风塔，那些神秘的鬼魂有了一点儿头绪，更不用说青铜门的用意和时间机器的命运啦！一直困扰我的经济问题也有了一点儿模糊的提示。

“下面是我的新观点。显而易见，人类的第二品种是地下人。我相信他们很少到地面上来是因为长期生活在地下成了习惯，有三种特殊情形为证：首先，大部分生活在黑暗中的动物都是白的——比如肯塔基山洞里的白鱼。其次，那些大眼睛折射光线强，是夜间动物的共同表征——你们看看猫头鹰和猫就清楚了。最后，在阳光下，这种人显然视力模糊；它朝阴暗处奔去的时候，只能摸着走，而且急不可待、踉踉跄跄；在光亮中，他的头摆出一种古怪的姿势——这都进一步说明他的视网膜极度敏感。

“在我脚下，一定分布着众多地道，而这些地道就是这种新人种的栖息地。那些布满山坡的露出地面的通风口和井——实际上除河谷之外，到处都有——表明这些地道分布有多广。我自然联想到，该不是这些人工地下世界生产出满足白日种族享受的物品吧？这种猜测表面上是说得通的，我毫不迟疑地接受下来，并继续思考造成这种分裂的缘由。我敢说你们能想象出我的理论，但我自己很快就感觉到了，这并非真相。

“首先，从我们时代的问题出发，令人一目了然的是，资本家与工人之间表面看上去是暂时的差异在逐步扩大，这是问题的关键所在。这可能对你们来说太离谱了——简直是不可能的！但目前种种迹象表明人类在朝这个方向发展。人类倾向于利用地下空间来发展对美观要求不高的产业，如伦敦的大都市铁路、电动火车、地铁、地下车间和饭店，这些都在不断增长和扩大。显而易见，这种趋势已经发展到了工业逐步失去了在地面上存在的权利。我的意思是说，会出现越来越大的地下工厂，人们把越来越多的时间花在地下，直到出现最后的结果。即使是现在，伦敦东部的工人不就已经生活在远离地面的人工环境中吗?

“同样，富人们的排他性趋势——这无疑是因为他们所受的教育不断完善，以及他们与粗暴的贫民之间的鸿沟不断扩大——使得富人们出于自己的利益考虑，将相当大的地面土地封闭起来。比如在伦敦，恐怕有一半美丽的地域把外人拒之门外。同样，由于高等教育过程耗资大、费时长，由于富人越来越渴望更加优雅的生活，这种鸿沟呈不断扩大的趋势，并且，将越来越限制阶级之间的交流，目前阻碍人类按阶层分裂成不同人种的通婚攀升现象也会逐渐减少。因此，最终会出现这样的结果：在地面上，你看到的是追求快乐、舒适、美好的有产者；在地底下是无产者，即工人，他们也逐渐适应其工作环境。一旦进入地下，他们就不得不为地下洞穴的通风系统付一大笔租金，如拒付，他们会因逾期不还而挨饿，或者窒息。他们如果为此而感到痛苦，并起而反抗，那必定是死路一条。经过磨合，最终会达到一种永久的平衡，幸存者也适应了地下生活，就像地面人一样活得有滋有味。在我看来，产生精雕细琢的美貌和病态苍白的肌肤就不足为奇了。

“我梦想中的人类胜利在我脑海里开始有所变化。这不是我想象的道德教育和普遍合作的胜利。相反，我看到了真正的贵族，具备完美的科学知识，把今天的工业系统引入一个合乎逻辑的结局。这不仅仅是战胜自然的胜利，而是战胜自然和其他人类的胜利。我要告诫你们的是，这是我当时的想法。我可没有乌托邦书中的向导来指导我。我的解释可能大错特错。但我仍旧认为，这是最说得通的解释。然而，即使依照这种推论，最终取得均衡的文明也早已过了它的鼎盛时期，开始衰落。地面人绝对安全的状态使得他们缓慢退化，普遍出现在身高、体力和智力上的衰退，这一点我已经是眼见为实。至于地下人发生了什么变化，我可说不准，但从我看到的莫洛克人——顺便说一句，这是对地下人的称呼——我可以想象，这个人种的变化比爱洛伊人更大，爱洛伊人就是我所了解的美丽人种。

“接着就是恼人的疑团。莫洛克人为什么要带走我的时间机器？我敢保证一定是他们拿了。如果爱洛伊人是主子，为什么无法把我的机器要回来？他们为什么害怕黑暗？正如我所说的，我去向韦娜请教这个地下世界，但又一次遭受失望。起初她不懂我的问题，随后拒绝回答这些问题。她浑身颤抖，好像难以承受这些问题。我逼她回答，可能粗暴了点儿，她哭了起来。除了我自己的之外，这是我在黄金时代第一次看到眼泪。见此情形，我迅速停止发问，只一心为韦娜揩去这些人类遗传的痕迹。见我郑重其事地点燃一根火柴，她很快破涕为笑，高兴得拍起手来。”

第六章

“也许你们觉得奇怪，过了两天我才以一种显然是合适的方式追踪新发现的线索。我对那些苍白的躯体有一种畏怯感。他们的肤色呈半漂白色，看起来就像是动物博物馆里保存在防腐剂中的蠕虫什么的。他们猥琐丑陋，皮肤冰凉。我的畏怯多半来自对爱洛伊人的同情，我开始觉得爱洛伊人对莫洛克人的厌恶是十分有道理的。

“第二夜我没睡好。也许身体有些不适。我忧心忡忡，充满疑虑，经常会有一股莫名的恐惧涌上心头。我记得自己趁着月光悄悄溜进那些小人儿睡觉的大厅，那一夜韦娜就在他们中间。有他们在，我感到安心。当时我注意到再过几天下弦月会消失，夜晚会变得很黑，那些讨厌的地下人，那些漂白了的狐猴，那些取代了旧时代害虫的新型害虫会更多地冒出来。在那段时间里，我像一个逃避责任的人那样心烦意乱，因为责任是无法推卸的。我相信只有勇敢地深入地下去探秘才能找回时间机器。要是我有帮手，情况就不同了。但我孤立无援，一想到要钻进那黑井，心里就发怵。我不知道你们是否理解我的感受，但我从未感到我的背后是安全的。

“或许正是这种不安，这种安全感的丧失使我在探查过程中跑得越来越远。在西南方，往一片称为库姆森林的高地走去的时候，我发现远处在19世纪的班斯特德的方向，有一座风格迥异的、巨大的绿色建筑。这个建筑比我见到的最大的宫殿和废墟还要大。建筑的正面颇具东方色彩，表面涂了一层淡绿色的、有光泽的釉，就像一种蓝青色的中国瓷器。这种差异象征着它具有不同的功能，我决定过去探个究竟。但天色已晚，我是转了一大圈后才发现这个地方，已感到体力不支，于是决定第二天再去。我回到小韦娜的怀抱，受到她的热烈欢迎。第二天早晨，我意识到自己之所以对这个绿色瓷宫产生兴趣，不过是在欺骗自己，想推迟一天去经历我害怕的事儿。我决心不再浪费时间，直接下井查看。于是，一大早我就朝花岗岩和铝块废墟附近的那口井进发。

“小韦娜跟我一起去。她蹦蹦跳跳地陪我来到井边，见我俯身井口朝下看，顿时莫名地惊慌起来。‘再会，小韦娜。’我说着亲了亲她，放下她，摸着井壁寻找攀缘的钩子。我还是得承认我的动作有点儿匆忙，因为我害怕勇气会离我而去。一开始，她惊讶地注视着我，紧接着，惨叫一声，奔向我，用她的小手拽我回来。我猜她的反对更增强了我下井的勇气。我可能有些粗鲁地甩开了她，很快钻进井口。看到井边的她露出痛苦的神情，我微微一笑，叫她放心。随后，我不得不俯身检查我抓住的不甚牢靠的钩子。

“我要爬下约两百码深的井。往下爬靠的是井壁凸出的金属栏杆。而这种装置适合比我小而轻的动物，因此，我很快便感到手脚抽筋，非常疲劳。还不仅仅是疲劳呢，有一个栏杆承受不住我的重量而突然弯曲了，差点儿让我掉入身下的黑暗之中。有那么一会儿，我靠一只手吊在那儿。这个教训迫使我不敢再作停留。虽然我的胳膊和背部疼痛难忍，但我仍以最快的速度往下爬。仰望井口，天空已变成一个小小的蓝色圆盘，一颗星星清晰可见，小韦娜的头投下一个小黑圆点。井下一台机器的‘砰砰’声越来越大，越来越沉闷。除了那块小圆盘，一切都变得深不可测，当我再次仰望时，韦娜不见了。

“我感到痛苦难忍。我甚至想爬上去，撇下这个地下世界。但即使有这个念头，我仍马不停蹄地往下走。终于，我看到在我右手处一英尺的井壁上出现了一个细长的洞，这才大大地松了一口气。我荡了进去，发现是一个狭窄的水平隧道的入口，可以躺下休息。这会儿休息正是时候，我的胳膊很疼，背部抽筋，我被一种持续的、害怕摔下去的恐惧感折磨得浑身发抖。除此以外，我的眼睛在这牢不可破的黑暗中感到生疼。空气中充满机器的轰鸣声，这是用机器往井道里泵入空气发出的声音。

“我不清楚躺了多久。一只柔软的手在触摸我的脸，我惊醒了。我在黑暗中一跃而起，抓起火柴，匆忙点燃。我看到三个白色家伙蹲伏在我身边，他们跟我上回在地面上废墟里看到的那一个很相像。他们一见到光就仓皇后退。我看得出，他们由于生活在这无边无尽的黑暗中，眼睛大得出奇，而且异常敏感，就像深海鱼的眼睛，也能反射光线。我相信在没有光线的情况下他们看我看得很清楚。除了怕光，他们似乎一点儿也不怕我。可只要我为了看清他们而划亮火柴，他们就惊慌逃窜，消失在黑暗的沟槽和隧道里。在那里，他们用一种古怪的方式盯着我。

“我试着跟他们打招呼，但显然，他们的语言与地面人的语言不同。我枉费力气，孤立无援，甚至又在转逃走的念头。但我对自己说：‘既来之，则安之。’我摸索着朝前走，发现机器的声音越来越大。渐渐地，井壁消失了，我来到一块巨大的空地。凭借另一根火柴的光亮，我发现自己来到一个拱形洞穴，洞穴之深，已超出火柴能照到的范围，火光之外什么也看不见。

“我已记不太清楚。黑暗中耸立着大型机器，投下怪异的阴影，鬼影憧憧的莫洛克人就躲在机器旁避光。顺便说一下，这里的空气混浊压抑，弥漫着淡淡的血腥味儿。在中央通道有一张白色金属制成的小桌子，上面好像摆着食品。原来莫洛克人是吃肉的，即便处在当时的情形中，我记得我已在琢磨那血淋淋的关节骨出自哪种大型动物。一切都那么模糊不清：那浓浓的气味，那不可名状的大躯体，那潜伏在阴影中的卑鄙家伙，后者随时等着火柴一灭就朝我扑过来。火柴烧到头了，烫了我的手指落下来，化为一点红星，扭动着没入黑暗中。”

“我这才意识到我的装备有多差。我乘时间机器出发时，竟愚蠢地认为未来在各种设备上肯定比我们先进得多。我没带武器，没带药品，没带任何可以当烟抽的东西——有时我真想抽烟啊——甚至没带够火柴。哪怕带上一部柯达照相机该多好！我一瞬间就能把这个地下世界拍摄下来，闲暇时再来研究。可是，我站在那儿，只有大自然赋予我的那点儿能耐和武器——手、脚和牙齿，身上还剩四根安全火柴。

“我不敢摸黑在那些机器中穿行，借着上一根火柴的最后一点儿光亮，我发现火柴储备所剩不多。我从未想过要节约使用火柴，几乎一半火柴都浪费在逗地面人玩儿上，因为火柴对他们来说是稀罕物。我现在只剩下四根。我站在黑暗里，感到一只手在碰我的手，瘦长的手指在我脸上摸来摸去，我闻到一股怪怪的气味。我听到一群小浑蛋在我身边呼吸，感到有人正轻轻抽出我手里的火柴盒，还有人在我背后撕扯我的衣服。一想到这些看不见的动物在研究我，我心里就有一种说不出的难受。黑暗中我突然意识到我对他们的思维方式和行为方式一点儿也不了解。我尽可能地朝他们大吼一声，他们退后几步，紧接着我感到他们又拥上来。他们更加无所顾忌地揪住我，并用古怪的语言彼此低语。我猛打一激灵，又吼叫起来——发出极不协调的声音。这回他们没有被吓倒，怪笑着拥上前来。我得承认轮到我吓坏了。我决定再划一根火柴，借着光的保护逃走。事不宜迟，我点着了从口袋里摸出来的一张纸片，朝狭窄的隧道退去。我刚进隧道火就灭了，黑暗中我听到追逐我的莫洛克人发出风吹树叶的飒飒声和大雨冲刷的哗哗声。

“有一阵子，几只手同时抓住我，错不了，他们要把我拽回去。我划亮火柴，在他们茫然的脸前挥舞。你们真想象不出他们多么令人憎恶，多么不像人类——那些惨白的、没有下巴的脸，那些缺眼睑的、灰红色的大眼睛——尤其在他们茫然瞪视的时候。我向你们保证，我没有停下来研究他们：我还在撤退，第二根火柴烧完后，我点着了第三根。待我到达通向深井的洞口时，第三根火柴熄灭了。我在洞口躺下来，因为下面大泵发出的嘭嘭声令我头晕目眩。我顺着边缘摸寻凸起的钩子，就在这时，我感到脚被人从身后拉住了，有人拼命把我往后拖。我点着最后一根火柴……又无可挽回地熄灭了，但我已经够着攀登的栏杆。我猛踹几脚，甩掉莫洛克人的纠缠，迅速往上爬，他们只能待在下面挤眉弄眼地干瞧着。有一个可怜虫跟了我一段，差点儿拽下我的靴子充当战利品。

“我好像总是爬不到头似的。到达最后二三十英尺的地方，我感到阵阵恶心。我费了很大力气才没让自己掉下去。最后几步里，我苦苦挣扎，拼命摆脱要昏过去的感觉。好几次我头晕目眩，感觉自己好像掉下去了。终于，我翻过井口，跌跌撞撞地穿过废墟来到耀眼的阳光下。我扑倒在地，闻到泥土清新馥郁的香气。我记得韦娜亲吻着我的手和耳朵，我还听到其他爱洛伊人的说话声，随后，就什么都不知道了。”

第七章

“我目前的处境比以前更糟。至今为此，除了丢失机器那个晚上十分痛苦外，我从未放弃过最终逃脱的希望。可此时，希望因这些新发现而变得渺茫起来。我一直以为这些小人儿的单纯妨碍了我，一种神秘的力量妨碍了我，但我一旦了解这种力量，就能战胜它。然而莫洛克人的天性中有一种令人憎恶的成分——缺乏人性而邪恶。我本能地讨厌他们。在此之前，我的心境就像一个不慎掉进陷阱的人的心境：只想着如何爬出陷阱。现在，我就如同一只落入圈套的野兽，提心吊胆地等候着敌人扑过来。

“奇怪吧，我害怕的敌人竟是新月时期的黑暗。韦娜在早些日子已经让我对黑夜稍许有所了解，那时候我还听不懂她的话呢。现在去猜测黑夜的含义已不是难事。月亮正处在亏缺状态：黑暗持续时间越来越长。我总算开始领悟，为什么那些娇小的地面人如此惧怕黑暗。我隐约想到莫洛克人可能会在新月时期作恶。我现在确信我的第二个假设完全错啦。地面人或许曾经是受命运垂青的贵族，而莫洛克人是他们的机器奴仆：这已经一去不复返了。从人类演变出来的这两个种族已经滑落到或已经形成全新的关系。爱洛伊人就像卡洛林王朝[1]的君主，已经堕落成百无一用的美丽尤物。他们仍然拥有地上世界：因为莫洛克人经过无数代的地下生活，已无法居住在日光照耀下的地面。我猜，莫洛克人继续为爱洛伊人做衣服，维持他们的日常需要，或许因为莫洛克人身上还残留着服役的老习惯吧。他们这样做就像一匹站着的马用蹄扒地一样自然，或像人一样出自本能地以猎杀动物为乐，因为过去的需求已经在他们的身体上打下烙印。然而，古老的尊卑次序显然已经部分颠倒。复仇女神正在不知不觉中迅速降临到那些精致纤巧的人身上。数千年前，数千代之前，人类剥夺自己兄弟享受舒适和阳光的权利，现在这个兄弟杀了个回马枪——他彻底变了。爱洛伊人已经重新得到一个古老的教训。恐惧开始重新伴随他们一生。突然，我脑海里浮现出我在地下世界见到的肉。这个念头钻进我头脑的途径很奇怪：不是从我的沉思中冒出来的，而像是从外界侵入的。我极力回想那块肉的形状，隐约感到似曾相识，但当时我说不出是什么。

"不管这些小人儿在神秘的恐惧面前如何束手无策，都与我无关，我的身体构造不同。我来自我们的时代，来自人类的成熟期，在这个时代里，恐惧驾驭不了人类，神秘失去了恐怖的性质。我至少还能保护自己。事不宜迟，我决定立刻为自己制作武器，建造留宿的堡垒。一想到夜夜暴露在那些动物面前我还懵懂不知，我的信心就消失殆尽。有了这样的庇护作基础，我可以重拾信心。我感到我的床要绝对远离

[1] 卡洛林王朝属法兰克王国，由查理大帝建造，查理大帝死后，该王朝开始衰落。

他们，才能安心入睡，一想到他们可能已经研究过我，我心里就发毛。

“下午，我在泰晤士河谷游荡，找不到任何壁垒森严的地方。从莫洛克人的井来判断，他们身手敏捷、善于攀缘，没有哪栋建筑、哪棵树是他们爬不上去的。这时，我回想起绿色瓷宫的尖顶和墙上闪闪发光的釉彩。傍晚，我把韦娜当作孩子扛在肩上，上山朝西南方向走去。我估摸有七八英里的距离，但实际可能接近十八英里。我第一次见到那个地方是在一个多雾的下午，大雾的障眼法把距离缩短了许多。我的一只鞋后跟松了，钉子从鞋底戳出来——这虽然是一双穿着很合脚的旧鞋，但只适合我在室内穿——因此，我走起路来一瘸一拐的。当宫殿进入我的视野时，太阳老早就下山了，远远望去，一个宏伟的黑色轮廓映衬在淡黄色的天穹中。

“韦娜见我愿意扛她高兴极了，但过了一段时间后，她要求下来，跟在我身边跑。她偶尔会跑开，采一些花插到我的口袋里。我的口袋对韦娜来说始终是个谜，但最后她得出结论，这是一种奇特的花瓶，至少她把口袋当花瓶用。噢，对了！换外衣的时候，我发现……”

时间旅行者顿了顿，把手伸进口袋，静静地掏出两朵枯萎的花放在桌上，那花儿非常像大白锦葵。他又继续叙述下去。

“黄昏的静谧悄悄降临，我们越过山顶，走向温布尔顿[1]。这时，韦娜累了，嚷着要回到灰色石头房子去。我指指远处绿色瓷宫的尖塔，设法让她理解我们可以在那儿找到庇护所。你们知道暮色来临前那万

[1] 温布尔顿：英国英格兰东南部城市。

籁俱寂的时刻吗？甚至林中的风都停止了。对我来说，那天晚上的宁静终始蕴含着一种期盼。除了落日的地方出现几条水平彩云外，天空显得明净而旷远。但那天晚上的期盼却染上了我个人的恐惧色彩。在这静静的暮色中，我的感官变得格外敏锐。我甚至可以感觉到我脚下的地底是空的，甚至能看见莫洛克人在他们的蚁山上走来走去，等待天黑。激动之余，我幻想他们可能把我侵入洞穴的行为当作宣战。可是，他们为什么要拿走我的时间机器呢？

“我们静静地走着，夜色越来越深沉，远方天际的纯蓝已逝去，星星一个接一个地跃上天空。大地变暗，森林染黑，韦娜的恐惧与疲劳愈来愈厉害。我把她揽入怀中，跟她说话，抚慰她。随着夜色加深，她搂住我的脖子，闭着眼，把脸紧紧贴在我的肩上。就这样，我们走下长坡来到一个山谷。黑暗中我差点儿跌进一条小河。我还是蹚水来到河对岸，经过一排沉睡的房屋，走过一尊无头塑像——大概是农牧之神之类的吧，来到两棵金合欢树下。到现在为止，我一个莫洛克人也没见着。不过，这毕竟刚刚入夜，残月升起前更黑暗的时刻还没有到来。

“从另一座山的坡顶上，我看到眼前是一片黑魆魆的、一望无际的茂密森林。我踌躇了，因为这片树林往左往右都望不到头。我也很累——特别是我的脚很疼——我停下来，小心翼翼地把韦娜从肩头卸下来，坐在草坪上。我已经看不见绿色瓷宫，怀疑自己是不是弄错了方向。我凝视浓密的树木，思忖这里面究竟隐藏着什么。在那交织缠绕的树枝里是看不见星星的。即使不会有其他潜伏的危险——也就是能叫人胡思乱想的危险——至少也会有绊人的树根和撞人的树干。

“经历了高度兴奋的一天后，我累坏了，决定放弃探查那片森林，在山上的开阔地过夜。我很高兴看到韦娜睡着了。我小心地用外衣裹住她，坐在她身边等待月亮出现。山坡寂静而荒凉，但黑森林里时时传来动物活动的声音。夜色清朗、星空绚烂、闪烁的光，令我感受到朋友般的安慰。昔日的星座已难以寻觅，那数百代人都察觉不到的缓慢运动早已把星星重新组合，形成陌生的星群。可在我看来，银河似乎仍是一条由星尘组成的光带。在南方（这是我的判断）有一颗陌生的、明亮的红星。它甚至比我们时代的绿色天狼星更加光彩夺目。在繁星点点的夜空，有一颗璀璨的行星，像老朋友的面孔一样，发出和善、稳定的光。

“遥望群星，我突然感到自己的痛苦以及尘世间的烦恼都变得微不足道。我想到星星之间遥不可及的距离，想到那不可避免的、从未知的过去到未知的将来的缓慢流动，想到地球极点所描述的大岁差周期[1]。在我跨越的这些年代中，这种悄无声息的公转只发生了四十次。当公转出现时，一切活动、一切传统、一切复杂的组织、国家、语言、文学、抱负，甚至有关我所知道的人类的记忆都不复存在。取而代之的是这些柔弱的生物，他们早已忘记先进发达的祖先；当然，取而代之的还有那些让我陷入恐怖之中的白色家伙。于是，我想起这两个种族之间存在的巨大恐惧，心里突然一阵战栗，第一次

[1] 岁差周期：在太阳和月亮的引力对地球赤道的作用下，地轴在黄道轴的周围做圆锥形运动，缓慢西移，约 2.58 万年环绕一周，为岁差周期。

清楚地意识到我看到的肉是出自何种动物。但这太可怕啦！我看着睡在我身旁的小韦娜，星光下她面容白皙，熠熠发光。我随即打消了这个念头。

“漫漫长夜里，我尽可能不去想莫洛克人。我打算在新的星群组合中找到旧星座的位置，并借此打发时间。天空除了一两朵乌云外，一片澄澈。我时不时地打个盹儿，待我的警觉性开始有所松懈时，东边天空已出现一抹微光，就像无色火焰的反光。残月冉冉上升，稀薄、憔悴而惨白。晨曦紧随其后喷薄而出，超越并淹没了它。起初，晨曦是苍白的，渐渐地，形成一片温煦的粉红。没有发现莫洛克人。的确，那天晚上，山上一个也没有。怀着新的一天带给我的信心，我甚至觉得自己的害怕毫无道理。我站起来，发现鞋后跟快掉了的那只脚好疼，脚踝肿了起来。于是，我坐下来，脱下鞋子扔掉。

“我叫醒韦娜和我一同走进树林，赏心悦目的绿色取代了昨夜的黑暗和冷峻。我们在那儿找到一些果实充饥。我们还遇到其他容貌秀美的小人儿，他们在阳光下手舞足蹈，欢声笑语不绝于耳，好像黑夜不存在似的。我又一次回想起我见过的肉。我终于明白是哪种动物身上的肉。我打心底里可怜这一支从人类洪流中分离出来的涓涓细流。显而易见，在人类衰落的漫长岁月里，莫洛克人的食物出现匮乏。他们可能靠吃老鼠一类的害兽为生。即使现在人类也远没有过去挑食——远没有猴子挑食。他们对吃人肉的反感也不是根深蒂固的本能。于是，非人性的子孙应运而生。我努力用一种科学眼光来看待这件事。相比于三四千年前的吃人肉的人类祖先，莫洛克人更缺乏人性，离我们更远。以食人肉为痛苦的智慧火花在他们身上早已泯灭。然而我干吗要自寻烦恼呢？爱洛伊人不过是一群肥牛，由莫洛克人放养着，供他们狩猎捕捉。恐怕莫洛克人还要关注他们的繁殖情况呢。可是，韦娜就在我身边跳得正欢。

“这是对人类自私的最严厉的惩罚。我想凭借这个看法摆脱袭上心头的恐惧。人类把舒适快乐建立在其他人的辛苦劳作上，并满足于这样做。把需求当作口号和借口，经过漫长的岁月后，需求让人类真正理解了其含义。对这些可怜的没落贵族，我甚至带有一种卡莱尔[1]式的讥讽，但我不能这样做。无论爱洛伊人的智力如何退化，他们保留了人类这么多的特征，我没办法不同情他们，没办法不跟他们一样感到落魄和惶恐。

“那时，我对今后的道路如何走产生了一些模糊的想法。首先，我要找一个避难所；其次，要设计制造一些金属或石头武器。这都是刻不容缓要做的事。接下来，我希望能获得火种，用火把当武器。因为我知道没有什么比火更能有效地对抗莫洛克人。我还要制造一些装置撞碎白色斯芬克斯铜底座的门。我想到了攻城槌[2]。我确信如果我带着火把走进那些门，我会找到时间机器逃离该地。我不相信莫洛克人有足够的力气把它拖到很远的地方去。而韦娜呢，我决定带回到我们的时代。我仔细考虑着这些计划，继续朝我打算选为住宅的建筑物走去。”

[1] 卡莱尔（1795—1881），苏格兰散文家、历史学家。

[2] 攻城槌：一端带有铁头的巨型沉重原木，旧时在战争中用于撞破城门等。

第八章

“我们中午到达绿色瓷宫。我发现那里又是一片荒无人烟的废墟。窗框里只剩下一些玻璃碎片，绿色釉面已从腐朽的金属框架上剥落下来。建筑物坐落在一块绿草成茵的高地上，东北朝向。进去之前，我吃惊地发现一个大河口或港湾，估计是旺兹沃思[1]和巴特西[2]所在地。我寻思海洋生物究竟正在发生或已经发生过什么变化。不过，我没有深入思考这个问题。

“经过仔细检查，发现制作宫殿的材料确实是瓷。宫殿正面刻有一些用陌生文字写成的铭文。我竟愚蠢地认为韦娜也许能替我翻译，但实际上我了解到，就连文字这个概念，她都不曾有过。她在我心目中比实际更富有人性，这也许是因为她的感情更有人情味儿。

“走进敞开的、破烂的大门，我们没发现惯常有的大厅，看到的则是一个带众多侧窗的长廊。第一眼我就猜出是博物馆。瓷砖地面积着厚厚的灰尘，颇引人注目的、五花八门的展品也被灰尘所覆盖。这

[1] 旺兹沃思：英国英格兰大伦敦内城的自治市。

[2] 巴特西：英国英格兰大伦敦一地区，位于泰晤士河南岸。

时我赫然发现房间中央竖立着一副骨架的下半身，样子十分诡异。从倾斜的脚骨来看，我认出这是一种已灭绝的像大懒兽一样的动物，它的头骨盖和上半部骨架被丢弃在一旁，也埋在厚厚的灰尘里。由于屋顶有一处漏雨，这部分骨架已严重损坏。我们继续往走廊深处走，又看到了雷龙的巨大躯干。我关于博物馆的猜测是对的。我走到一旁，看到一些快要坍塌的架子，拂去厚厚的灰尘，竟然发现那是我们时代熟悉的玻璃容器。里面的东西保存得很完整，可见这些玻璃容器的密封性一定很好。

“我们显然是站在南肯辛顿晚期的废墟中。这里是古生物学区，陈列着一系列出色的化石。看样子，不可避免的腐烂过程在一段时间里得到有效遏制，并且，随着细菌和真菌的消亡，这个过程失去了99%的威力，然而它肯定仍以缓慢的速度蚕食着这些宝藏。我发现到处有这些小人儿的遗迹，都是一些破碎的或穿在芦苇上的珍贵化石。有一些箱子被挪动过——我猜是莫洛克人干的。这个地方非常安静，厚厚的尘土掩盖了我们的脚步声。韦娜本来在一个盒子的玻璃斜面上滚海胆玩，就在我审视四周的时候，她走过来，静静地拉住我的手，站在我身旁。

“一开始，我为这智慧时代的古老纪念物而惊叹，没在意它能提供的种种可能性。这时候就连一直惦记着的时间机器也被我暂时抛到了脑后。

“从绿色瓷宫的面积来看，它比一个古生物博物馆要大得多，这可能是一个历史博物馆，甚至是一个图书馆。对于处在目前状况的我来说，这些比正在腐烂的古地质陈列品要有趣得多。探查过程中，我又发现一个较短的长廊，与第一个长廊交叉。这好像是矿石陈列馆。我一眼见到一块硫黄，不禁联想到制造火药的可能性。但我找不到硝石，任何形式的硝酸盐都没有。毫无疑问，它们多年前就已经潮解了。但那块硫黄始终萦绕在我脑海里，挥之不去。至于其他陈列品，虽然整体上保存完好，但我没有多少兴趣，我不是矿物学家。沿着一个与第一个房间平行的、破烂不堪的通道，我显然走进了一个自然历史区。但所有东西都已无法辨认。只剩下一些早已萎缩发黑的动物标本的遗迹，曾经装过防腐剂的罐子里还存有风干的木乃伊。过去的一些植物早已化为粉末——仅此而已。我感到遗憾，因为我原本应该乐于追踪了解人类的适应能力。正是靠这种适应性，人类征服了生机勃勃的大自然。接着，我们来到一个巨大的陈列馆。里面光线很暗，地板从我进入的那头开始缓缓下斜。天花板上间隔地垂下白色球状物——其中许多已经破碎——显示过去这里是靠人工照明。我在这儿颇为自在，因为身边耸立的全是大型机器。这些机器不是遭到严重腐蚀，就是已经严重损坏，但有些还保存完整。你们知道我对机器有特殊的嗜好，因而在此徘徊良久，不肯离去。大部分机器就像一个谜，我完全猜不出它们的用途。我琢磨如果能解开这些谜，说不定就能掌握对抗莫洛克人的力量。

“韦娜突然靠到我身边，来得那么突然，把我吓了一跳。如果不是她的缘故，我还注意不到陈列馆的地板是倾斜的[1]。我进馆的那一头高于地面，靠狭长的窗子采光。假如沿着走廊走下去，就会发现，外头的地面升到与窗子持平的位置，地面与窗子之间出现一个低洼地，就像伦敦房子前的院子，只靠顶部一小缕日光照射。我在馆中漫步，冥思苦想这些机器的用途，我太专注，竟然没发现光线在逐步减弱，直到韦娜的警惕引起我的注意。我这才发现走廊已陷入浓郁的黑暗之中。我迟疑着，环顾四周，发现灰尘比别处少，而且灰尘表面不太平整。再往暗处看，那边的尘埃上已印上几行狭窄的小脚印。我猛然意识到莫洛克人很快就会出现。我研究那些机器花的时间太多，忘了已经接近傍晚，我仍旧没有武器，没有藏身处和生火的方法。就在这时，从长廊远处的黑暗中传来特殊的‘砰砰’声，跟我在井里听到的奇怪声音很相似。

“我握住韦娜的手。但突然一转念，我放开她，奔向一台机器，机器上伸出一根像信号箱里的信号棒一样的玩意儿。我爬进机器底座，抓住那根操作杆，用全身重量压上去。忽然，独自留在中央通道的韦娜抽泣起来。我估计得没错，经过一分钟的重压，操作杆‘咔嚓’一声断了，我回到她身边，手里多了一根棍棒，用它敲破莫洛克人的头绝对没问题。一心想干掉自己的后裔，你们一定认为我很不人道。但那些家伙实在不像人。只是因为不愿离开韦娜，再加上害怕失去时间机器，我才克制住杀人的欲望，没有走进长廊，干掉几个弄出动静的

[1] 或许地板不是倾斜的，只是博物馆建在山坡上。

坏蛋。

“一只手握着棍棒，一只手牵着韦娜，我走出长廊，来到另一个更宽敞的陈列室。第一眼看过去，这里好像是一个挂满军旗的军事博物馆。陈列馆四周悬挂着发黄发黑的破布，凑近一看才发觉是已腐烂的书籍残迹。它们已经烂成碎片，上面字迹全无。但到处散落的变形的牌子和金属搭扣还在讲述着战争的故事。如果我是一个文人，我会对这种徒劳无功的抱负进行一番说教。但最触动我的是，这满目疮痍的故纸堆证明的却是人力的巨大浪费。我承认那时我主要想着《哲学学报》和我的十七篇光学论文。

“踏上一个宽阔的楼梯，我们来到一个过去可能是展览化学技术的陈列室。我原本不指望发现任何有用的东西，但这个长廊除了一端的房顶坍塌之外，其余部分保存完好。我迫不及待地扑向所有没有损坏的箱子，终于在一个密封良好的箱子里找到一盒火柴。我迫不及待地试了试，它们非常好用。我转向韦娜，用她的话叫道：‘跳吧。’我手里终于有了武器，足以对付那些令我们害怕的怪兽。于是，在这满目凄凉的博物馆里，踩着厚厚的灰尘铺就的地毯，我一本正经地跳起了一种混合舞，嘴里还欢快地吹着《诚实之国》的曲子，把韦娜逗得无比开心。我的舞姿一部分来自温和的康康舞，一部分是踢踏舞，一部分是裙舞（尽可能地用我的燕尾服当长裙用），还有一部分是本人独创出来的。你们知道我一向很富有创造性。

“我仍旧认为一盒火柴竟能逃过无数岁月的磨蚀真是一个奇迹。而对我来说，这是我的幸运。更叫人啧啧称奇的是，我找到一种不可能找到的东西，那就是樟脑。我在一个密封罐里找到了它，这罐子凑巧密封得很好。开始我以为里面是石蜡，便砸碎了玻璃。但樟脑的芳香扑鼻而来，绝不会弄错。在这到处都在腐烂的世界里，这种易挥发的物质却保存了上千个世纪。这使我想起一幅深褐色油画，是由来自乌贼化石的汁画成的，这种乌贼要在数百万年前死亡并成为化石才行。我刚想扔掉这块樟脑，猛然想起它是易燃物，烧起来会发出耀眼的光——的确是极佳的蜡烛。于是，我把它塞进口袋。我没找到火药和任何能打破铜门的工具。我找到的铁棍是我所能得到的最有用的东西。不过，我还是兴高采烈地离开了那个陈列室。

“我无法把那个漫长下午的所有事情一一道来。要想井然有序地回忆起我的探险经历，需要很强的记忆力。我记得长廊有一长排生锈的架子，上面放着武器；记得我为带走铁棍还是短柄小斧或剑而犹豫不决。我不能两样都带，而我的铁棒是撬铜门的最好的工具。这里有若干长枪、手枪和来复枪。大多都已变成一堆破铜烂铁，但也有一些是由新型金属制成的，保存完好。只是子弹和火药都已化为灰烬。有一个角落露出烧焦和遭到破坏的痕迹，估计可能发生过爆炸。另一处有一长排神像——有波利尼西亚的、墨西哥的、希腊的、腓尼基的，我想世界上每个国家的神像都在此展出。我一时冲动，在一个皂石刻成的南美怪物的鼻子上写下自己的名字，这怪物尤其逗我喜欢。

“夜幕降临，我的兴趣也随之减退。我穿越一个又一个长廊，全都布满灰尘、阒寂无声，而且常常见到的只是一堆废墟，展品不是遭到严重锈蚀，就是已变成褐煤，只是形成煤的时间还不够长。纯属偶然，我在一个密封箱里找到了两包炸药。我叫着‘万岁’，欢快地砸开箱子。可我又犹豫了，迟迟不敢行动。于是，我选定一个小陈列室开始我的试验。在那五分钟、十分钟、十五分钟的等待中，一种从未有过的失望涌上心头，炸药没有爆炸。它们都是哑炮，从它们的外观看，我早该猜到是这么回事儿。我相信，假如这些炸药能用，我会控制不住自己冲出去，把斯芬克斯、铜门、找到时间机器的机会（后来事实证明如此）通通炸上天。

“随后，我们来到宫殿里的一个小庭院，那里有草地，还有三棵果树。我们歇下来，吃了一些果子。随着太阳西沉，我开始考虑我们的处境。夜幕已悄悄降临，我还没有找到别人不易进入的藏身之地。但我现在不太担心。我已有对付莫洛克人的最好的防御手段——我有火柴。口袋里还有樟脑，可用来生火。在我看来，目前最好的办法是生一堆火，在一个开阔地上过夜，到早上再去夺回时间机器。不过，我手头只有一根铁棒可用来夺回机器。随着我对莫洛克人的了解不断加深，我对那些青铜门有了不同的看法。迄今为止，我没有强行打开它们，主要是因为不知道门背后是什么。这些青铜门在我看来并非坚不可摧，但愿我的铁棒完全能对付它们。”

第九章

“趁太阳仍悬浮在地平线上，我们从宫殿走出来。我打算在黄昏前穿过之前阻碍我行程的树林，第二天一大早就到达白色的斯芬克斯雕像。我的计划是当晚尽可能多走一些路，然后生堆火，在火光的保护下过夜。因此，我边走边收集柴火和干草。很快，我的怀里便抱满了。拿的东西多了，行程也就比预期的要慢得多。何况韦娜累了，我也直犯困。等我们抵达树林时，天已经完全黑下来。登上灌木覆盖的山坡，韦娜停住脚步，害怕进入前面的黑暗，然而，一种不祥的预感驱使我继续往前走，可惜，我未能将这种感觉视为警告。我已经两天一晚没合眼，心情烦躁而易怒。我感到睡意渐渐袭来，莫洛克人也会接踵而来。

“我们踌躇着，在我们身后漆黑的灌木丛中，我发现有三个蹲伏的身影。我们周围全是灌木丛和长草，他们虎视眈眈，伺机行动，这令我担心不已。我盘算要不了一英里的路程就能穿过这片树林。如果我们走过树林到达没有树木的山坡，大概就能找到更安全的休息地。我想用我的火柴和樟脑可以设法照亮林子里的小路。可是，要想让火柴烧得旺旺的，我就得放弃捡来的柴火。我只好不情愿地把柴火扔掉。

但我又一转念，或许把柴火点着，可以吓唬吓唬我们身后这些朋友。我不久就会看到这种做法的惨烈后果。不过当时，我还认为这是一个掩护我们撤退的绝妙方案。

“我不知道你们是否想过在没有人类、气候温和的地方，火一定是稀罕物。大多数情况下，太阳的热量不足以引起燃烧，即使是通过露珠聚焦也不行，而在热带地区，这种情况也只会偶尔发生。闪电会引起爆炸，烧焦树木，但也不会经常造成大面积火灾。腐烂的植被在发酵过程中可能闷燃，但很少蹿出火苗。在这个没落时代，地球人早已忘记生火的技巧。那舔着柴堆的火舌对韦娜来说完全是新奇的东西。

“她想奔过去玩火。要不是我制止她，我相信她会一头扎进去。我赶上她，不管她如何挣扎，无礼地推着她走进树林。火光为我们照亮一小段路。回头一望，透过浓密的枝杈，我看见柴堆上的火焰已蹿到附近的树丛，一条扭曲的火龙正在朝山上延伸，见此，我哈哈一笑，转身面向黑森林。林子里漆黑一片，韦娜紧张兮兮地猴在我身上。不过，等我的眼睛适应了黑暗后，发觉有足够的光让我不会撞到树干上。头顶上方黑暗一片，只是不时地能看到远方一线蓝天。我没有点火柴，因为左手抱着我的小人儿，右手握着我的铁棒，两只手都不空。

“有相当一段路程，我除了听到脚底下树枝的折断声、头顶上微风的吹拂声、自己的呼吸及血管在耳朵里的跳动声之外，什么也听不见。接着，我似乎觉得周围响起了‘砰砰’声。我继续顽强地往前走。‘砰砰’声越来越清晰，我听到了我在地下世界听到过的那种古怪的噪声和嗓音。显然，有好几个莫洛克人围了上来。不一会儿，我感到有人拽我的大衣，有人拽我的胳膊。韦娜剧烈地颤抖着，然后变得十分安静。

“是该划火柴的时候了。但要掏火柴，我必须放下韦娜。我放下她，正当我在口袋里摸索的时候，黑暗中我的腿旁发生了一场争斗，韦娜那儿未有一丝声响传来，莫洛克人却发出怪异的咕咕声。柔软的小手在我的外衣和背上乱摸，甚至碰到了我的脖子。说时迟，那时快，火柴‘嚓’的一声亮了，燃烧得嘶嘶作响。我举起火柴让它烧旺，看见莫洛克人的白色背影蹿入树丛中。我急忙从口袋里掏出一块樟脑，准备火柴一烧完就点着它。然后我再看看韦娜。只见她紧紧抱住我的腿，脸朝下一动不动地躺在地上。我惊恐万分，急忙俯身仔细检查。她几乎没了呼吸。我点燃一块樟脑，把它掷到地上。樟脑摔碎了，燃烧起来，把莫洛克人和阴影一同赶开。我跪下去抱起她。身后的树林里传来一阵骚动和低语声，似乎藏着一大拨人。

“她好像晕过去了。我小心地把她扛在肩上，站起来继续前进。我突然意识到不妙，在忙着找火柴和照料韦娜那会儿工夫，我转了好几次身，已经无法知道这条路通向何方。根据感觉，我可能又重新面向着绿色瓷宫。这让我惊出一身冷汗。我必须赶紧决定该怎么办。我决定生火，并就地扎营。我把依然毫无知觉的韦娜放在红土草坪上，在樟脑快要熄灭之际，飞快地收集树枝和树叶。黑暗中，我周围四处都有莫洛克人的眼睛像红宝石一样灼灼发光。

“樟脑闪烁了几下熄灭了。我赶紧点着一根火柴。火柴刚亮，我就发现两个正在接近韦娜的白色影子落荒而逃。其中一个被光照花了眼，径直朝我奔来，我听到他的骨头在我的拳击下破碎的声音。他惨叫一声，踉跄几步，跌倒在地。我点着另一块樟脑，生起一堆篝火。我这才注意到周围有些树叶很干燥，我乘时间机器来这儿已经一星期，一直没下过雨。这样的话，我不必钻到林子里找枯枝，只要直接跳起来拽下树枝就行。我很快就用绿叶加枯枝生起一堆呛人的篝火，这样可以把樟脑节省下来。我转向铁棒旁的韦娜，尽力想让她苏醒，可她像死去一样静卧着，我甚至都不敢确定她还有没有呼吸。

“这时，烟朝我飘过来，弄得我昏昏欲睡。空气中弥漫着樟脑的芳香。篝火一小时内不需要添加柴火。经过这么一番剧烈运动后我已筋疲力尽，便坐下来。树林里边传来阵阵我不甚理解的催人入眠的喃喃低语。我似乎只打了个盹儿，睁开眼睛一看，一切都那么黑，莫洛克人已把手伸到我的身上。我用力甩开他们缠住不放的手，急忙到口袋里去找火柴盒。火柴盒不见啦！这时，他们又抓住我，并把我团团围住。我顿时明白发生了什么事。一定是我睡着了，火灭了。死亡的痛苦顿时涌上心头。林子里弥漫着木头烧焦的气味。他们抓住我的脖子、头发和胳膊，把我往地上摁。黑暗中感觉到这些柔软的动物在你身上叠罗汉，真是难以名状的恐怖。我觉得自己陷入了蜘蛛巨怪的网中，终于支持不住，颓然倒地。我感觉到有细小的牙齿在咬啮着我的脖子。我猛一翻身，趁机抓起我的铁棍。这使我力气陡增。我拼命挣扎着站起来，用力甩掉这些人形耗子。我紧握铁棒的一端，朝他们的脸猛砸。在我的打击下，我能想象那是怎样一个血肉横飞、骨头碎裂的情景，一时间，他们松开了我。

“剧烈的战斗常常会让人产生一种奇怪的不要命的疯劲儿。此时这股疯劲儿攫住了我。我知道我和韦娜都命悬一线，但我决心要莫洛克人为他们的晚餐付出代价。我背靠一棵树挥舞着铁棒。整个林子里一片混乱，充斥着他们的喊叫。一分钟过去了，他们的嗓音似乎因为兴奋而变得高亢，跑动的速度也越来越快，但没有一个敢进入铁棒挥舞的范围。希望陡然升起。假如莫洛克人真的害怕了呢？正想到这儿，一件奇怪的事紧跟着发生了。黑暗开始被光明驱散。朦胧间，我看到周围的莫洛克人有三个被打倒在我脚下。令人吃惊而又难以置信的是，其他莫洛克人源源不断地从我身后的树林里蹿出，冲入前面的树林，他们的背部不再是白色，而是微微发红。就在我目瞪口呆之际，我看到一缕火花飘过枝杈空隙间的星空，消失在远处。我一下明白为什么会有烧焦木头的气味，明白那令人昏昏欲睡的喃喃声为什么已化为阵阵吼声，明白那红色的火光是什么，明白了莫洛克人为什么会成群地逃窜。

“从树后走出来，透过树林的缝隙回头望去，我看到燃烧的森林火焰冲天。原来我刚才在林子里放的火追上了我。借着火光，我寻找韦娜，但她已经失踪。我身后不断传来嘶嘶声和噼啪声，每当烧到一棵新树都会发出巨大的爆炸声，情况紧急，我无暇思考。我紧握铁棒，顺着莫洛克人跑过的小径跑。这是一场激烈的追逐赛。有一次，火焰悄无声息地蹿入我的右边，从翼侧包抄过来，我不得不突围到左边。不过，我终于到达一小块林间空地。我刚到那儿，一个莫洛克人跌跌撞撞地朝我冲来，从我身边一头扎进火中。

“这时我看见的是我在未来时代所能看见的最阴森恐怖的事。整个地区被火光照得如同白昼，中间地带有一座小土丘，土丘上耸立着一棵燃烧的山楂树。土丘后面是一片着火的森林。黄色的火舌蜿蜒蛇行，形成一道火篱，把这个地区围在其中。山坡上大约有三四十个莫洛克人，在光和热的折磨下左右冲撞，陷入迷糊的挣扎之中。起初，我不知道他们看不见，只要他们一靠近我，我就极度惊恐地用铁棍恶狠狠地击打他们，打死了一个，打伤了好几个。还有一群莫洛克人躲在火红天空映衬下的山楂树旁，我看到其中一个狂乱地挥舞着手，听到呻吟声此起彼伏，我这才相信他们在这火光中有多绝望，有多悲惨，于是就不再攻击他们。

“然而，不断有人径直朝我冲过来，令我避之唯恐不及。有那么一会儿，火势减弱，我害怕他们会发觉我的存在，便想先下手为强，解决掉几个再说。可是，大火又‘嘭’的一声爆发，于是，我决定不再采取行动。我在他们中间转来转去，一边避开与他们相撞，一边寻找韦娜的踪影，但我一无所获。

“我最后爬到土丘顶上坐下来，默默注视着这拨睁眼瞎在火光照耀下横冲直撞，互相发出怪异的声音。袅袅上升的浓烟遮蔽了天空，透过那被浓烟撕扯成碎片般的火红苍穹，能看到微小的星星在闪烁，它们遥远得仿佛属于另一个宇宙。两三个莫洛克人趔趔趄趄地朝我奔来，我挥拳把他们赶开，这样做的时候自己也在发抖。

“那个晚上大部分时间都像是一场噩梦。我撕咬自己，仰天长啸，希望从梦中惊醒。我捶着地，站起来，坐下，四处游荡，又坐下来。我瘫倒在地上，揉着眼睛，呼唤上帝让我醒来。有三次我看见莫洛克人痛苦地低下头，纵身跃入火焰之中。终于，火势开始减弱，化为一片滚滚黑烟，到处是烧至发白、发黑的树桩，那模模糊糊的身影也逐步减少，黎明的曙光蓦然降临。

“我再度寻找韦娜的踪影，但没有找到。显然，他们把她可怜的遗体扔在了林子里。我无法形容我有多么宽慰，因为她的遗体终于摆脱了似乎是命中注定的厄运。一想到这儿，我又恨不得把周围那些可憎的家伙杀个片甲不留。我没这么做。从丘顶上，透过迷雾般的烟云，我可以看到绿色瓷宫，从而弄清楚白色斯芬克斯雕像的方向。我懒得再理睬这些四处游走、痛苦呻吟的遭诅咒的灵魂。天色渐明，我在脚周围绑上草，一瘸一拐地踩着冒烟的灰烬和里面还蹿着火苗的黑色树干，朝时间机器的隐藏地走去。我走得很慢，因为我已筋疲力尽，脚又不听使唤，对小韦娜的惨死心中充满强烈的悲戚之感。这真是一场浩劫。然而，此刻待在这熟悉的房间里，这更像一场伤心欲绝的梦，而不是真正失去了什么。那个早晨不同，我很孤独——可怕的孤独。我开始想念我的家，想念你们和家中的炉火，一想到这些，我心里就发痛。

“在阳光明媚的早晨，走过冒烟的灰烬，我又有所发现。在我的裤子口袋里，还散落着一些火柴。火柴盒一定是在丢失之前就漏了。”

第十章

“早晨八九点钟，我来到那个黄色金属的椅子旁。我刚到此地时，就坐在这把椅上眺望这个世界。我回想起那天晚上匆忙下的结论，不禁对自己的自以为是发出苦笑。一切都保持原样：美丽的景色、浓郁的绿荫、豪华的宫殿和气势恢宏的废墟，波光粼粼的河流流经富饶的两岸。林间处处闪现衣着鲜亮的、快乐的人群，有的就在我救起韦娜的地方沐浴。见此，我心里一阵刺痛。沿路那通往地下世界的凉亭成为这风景的一大败笔。我终于了解地面人的美丽所要掩盖的是什么。他们就像田里的牛一样快乐，没有天敌，也一无所求。他们也有着跟牛一样的结局。

“我悲哀地想到人类的智慧之梦竟如此短促。这个梦自戕而亡。这个梦坚定不移地朝创造舒适和惬意发展，朝创造一个以绝对安全和永恒为准则的社会发展，梦想实现了——最终形成这种格局。生活和财产曾一度达到绝对安全的地步，富人的财富和舒适有所保障，劳作者的生活和工作有所保障。毫无疑问，在那个完美无缺的世界里，没有失业问题，没有解决不了的社会问题。一切都趋于平静状态。

“我们忽视了一条自然法则，多样性的智慧是对变革、危机和动荡的补偿。动物与周围环境达到绝对和谐后就会变成一种完美的机制。只有在习惯和本能失效之后，自然法则才会青睐智慧。没有变革，没有变革的需要，就没有智慧。只有要面对多种需求和危险的动物才具备智慧。

“因此，正如我所看到的，地面人趋于弱不禁风的美丽，地下人流于单纯的机械工业。但即使是完美的机械状态也缺少一样东西——绝对的永恒。随着时间的推移，地下世界的给养问题，且不论是如何解决的，已开始出现短缺。上千年来一直遭到驱赶的需求之母此时又回来了，她从下层开始活动。机器无论有多完美，仍需要与它们打交道的地下人更多一点超越习惯的创意。这就使得地下人与地上人相比，尽管缺乏一些人性，却更具有主动性。当其他肉类食品不够他们食用时，他们会转向古老习惯禁止食用的东西。所以我说，在对公元八十万零两千七百零一年的世界做最后评价时，我看到了这点。这也许是人类智慧所能做出的最错误的解释。但这就是那个世界留给我的印象，我愿意同你们一起分享。

“经过几天的疲劳、兴奋和恐惧，尽管还沉浸在悲痛之中，我发现这椅子是如此的舒适，这恬静的景色、温暖的阳光是如此赏心悦目。我又累又困，我的沉思很快被浓浓的睡意所取代。发觉自己困倦不堪，我就索性伸展四肢，躺倒在草地上，睡了一个好觉。

“太阳快落山时我醒了。我感到很安心，不怕莫洛克人前来滋扰，我伸个懒腰，下山朝白色斯芬克斯进发。我一手拿着铁棒，一手在口袋里玩着火柴。

“一到那儿我发现出人意料的事发生了。我走近斯芬克斯的底座，看见两扇青铜门敞开着，它们已滑入门槽里。

“见此情景，我收住脚步，迟疑着该不该进去。

“里面是一个小房间，房间里隆起的一角安放着时间机器。小操纵杆就在我的口袋里。我铆足了劲儿准备对白色斯芬克斯雕像发起猛烈进攻，谁知遇到的是胆怯的投降。我扔掉铁棍，为用不上它感到可惜。

“正当我俯身准备走进底座时，忽然心念一动，我想至少这一次我是掌握了莫洛克人的心理活动。我压抑着想放声大笑的冲动，踏进青铜门，走向时间机器。我吃惊地发现机器上了油并已揩拭干净，我甚至怀疑莫洛克人把机器拆开了一部分，设法弄清它的用途。

“我站在那儿检查机器，仅仅摸一下我的宝贝儿，我都特别高兴。就在这时，我预料的事发生了。青铜镶板忽地升上来，‘砰’地撞在门框上。我顿时陷入黑暗之中——我中计了，至少莫洛克人这样认为。我得意得暗暗发笑。

“我听到他们向我逼近时发出的低声笑语。我镇定自若地准备划一根火柴。只要我装好操纵杆，就能像幽灵一样消失。但是，我忽略了一件小事，这些可恶的火柴只有在火柴盒上才能划燃。

“你们能想象我一下子慌了神。那些矮小、残暴的家伙在向我聚拢。有人已碰到我。在黑暗中我用操纵杆横扫一击，然后爬进座位。随即，一只接一只的手伸向我。我只能拼命掰开那些不断伸过来想抓操纵杆的手指，同时设法摸到相对应的螺栓。他们真的差点儿夺走我的一根操纵杆。当操纵杆从我手中滑走时，为了能抢回来，我只得在黑暗中用头猛撞——我听到莫洛克人的头盖骨发出清脆的声音。相对于树林里的战斗，这最后的一次争抢几乎是一场肉搏战。

“我终于把操纵杆安装完毕，并把它拉动起来，那些揪住我不放的手纷纷滑脱。顷刻间，黑暗消退，我又陷入了之前描述过的灰暗光线和喧嚣之中。”

第十一章

“我跟你们说过时间旅行带来的恶心和眩晕。更糟糕的是这一回我没坐好，坐歪了一点儿，重心非常不稳。也不知过了多长时间，我一直在剧烈颠簸中死死抓住机器，根本顾不上自己在往何处走。等我终于能稳住自己查看仪表时，我为自己正在走的方向而惊讶。时间机器上有一个仪表记录天数，一个记录千位天数，还有一个记录百万天数，一个记录十亿天数。现在，我非但没有朝相反方向拉动操纵杆，反而朝前推进。等我再看仪表时，发现记录千位天数的指针在快速旋转，快得犹如手表上的秒针——带着我直奔未来。

“在继续朝前行进的过程中，我发现周围景物正在悄悄发生奇特的变化。那跳动的灰色越来越暗，虽说我仍在高速行驶——忽明忽暗的日夜交替又回来了，并逐渐分明。这通常表明速度在减慢。起初我不明白是怎么回事儿。日夜交替过程愈来愈慢，太阳越过天空的过程也在放慢，好像历经好几个世纪似的。终于，暮霭开始笼罩大地，只有时而划破黑暗苍穹的流星才把这天幕撕开。象征太阳的光束早已消逝，因为太阳不再降落——它只在西边沉浮，而且越来越大，越来越红。已经难觅月亮的踪迹。星星的圆周运动不断趋于缓慢，最后星星都变成悠悠潜行的光点。终于，在我停下来之前，红彤彤的大太阳一动不动地凝固在地平线上，宛若一个散发恹恹热量的圆丘，不时消失片刻。有时它会灼烧起来，但不久又回到沉郁的光热之中。我察觉到太阳升起、落下速度的减缓，使得潮汐不再发生。地球已停止运动，有一面固定不动地向着太阳，即使在我们时代也产生过月亮始终只有一面向着地球的现象。想到上次倒栽葱的教训，我变得十分小心，我开始转变行进方向。指针越走越慢，直到记录千位天数的仪表停止转动。而记录天数的仪表也因为停止飞转而变得清晰起来。机器慢慢减速，荒凉海滩的模糊轮廓渐渐清晰起来。

“时间机器轻轻地停了下来。我坐在上面查看四周。天空褪尽蓝色。东北方一片墨黑，苍白的星星闪烁其中。正上方天空呈深深的印度红，一点儿星光看不到。而东南方的天空则愈显明亮，发出耀眼的猩红色，一轮巨大的红日横卧在地平线上，岿然不动。周围的岩石染上刺眼的红色，一开始唯一能看见的生命迹象只是东南方所有突出的地方都覆盖着浓郁的绿色植被，就像森林里的苔藓和洞穴里的地衣一样碧绿，这类植物生长在永恒的暮霭中。

“机器停在一个倾斜的海滩上。大海朝西南方延伸，与绚丽的地平线连成一片，映衬着暗淡的天空。看不见惊涛骇浪，因为一丝风也没有，只有发腻的海水在微微起伏，犹如平缓的呼吸，表明大海还有生命，还在流动。在海水与陆地的相接处形成一块盐碱滩——在死气沉沉的天空下呈现出粉红色。我顿时感到一种压迫感，呼吸变得急促，就像我在唯一的一次登山运动中感受到的一样。我断定这里的空气比我们时代的空气稀薄。

“远处荒凉的斜坡上传来一声尖啸，我看见一个巨大的白蝴蝶模样的东西扑腾着斜斜地冲上云霄，盘旋了一阵后消失在低矮的山丘中。那声音凄厉，我忍不住打了个寒噤，坐在机器里一动不敢动。这时，我看清楚那东西是一种类似巨蟹的怪兽。你们能想象一只像那个桌面那么大的螃蟹吗？它的许多只脚在地上乱爬，一双巨螯挥来舞去，长长的触须犹如赶车人的长鞭，耀武扬威地四处乱戳。发出金属光泽的蟹壳两旁长着一双有柄眼，灼灼发光。它的身上隆起一块块难看的瘤，到处沾满肮脏发绿的积垢。我可以看见它在爬行时，嘴边的触毛忽闪忽闪，四处试探。

“我瞪着这不祥的怪物朝我爬来，感到面颊上一阵刺痒，好像一只苍蝇叮在上面。我用手把它拂去，可不一会儿它又来了，而且另一只叮在了我的耳旁。我一掌掴过去，摸到像线一样的东西。那玩意儿迅速地缩回去。我一阵惊怵，回头一看，发现自己刚才碰到的是另一只巨蟹的触须，那可怕的家伙就趴在我身后。它那双邪恶的眼睛在肉柄里滴溜溜地转，露出一副垂涎欲滴的模样，难看的大螯粘满黏湿的污物，正向我压过来。说时迟，那时快，我猛拉操纵杆，顿时把自己和那些怪兽之间隔开一个月的时间距离。但我没有离开那片海滩。我只要一停下就能清楚地看见它们。昏暗的天光下，数十只巨蟹在葱茏的绿色植物里爬来爬去。

“我不知道怎样描述那片凄凉的景色。那红色的东方天空、黑色的北方天空，那一片死寂的咸海，那岩石嶙峋的海滩，上面爬满令人作呕的、行动迟缓的怪兽，还有那清一色发绿的、似乎有毒的地衣植物，那令你肺部疼痛的稀薄空气，所有这一切都造成了令人惊骇的效果。我又向前滑行一百年，仍是一轮红日高悬空中——只是大了一点儿，更暗淡一点儿而已。空气仍旧那么稀薄，绿草和江岩之间依然爬行着沾满泥污的甲壳纲动物。在西方上空，有一条蜿蜒曲折的白线，像是一轮巨大的新月。

“我继续往前走，隔一千年停下来看看。神秘莫测的地球命运吸引着我这么做。我怀着奇异的心情看着太阳在西边愈来愈大，愈来愈失去光泽，看着古老的地球生命在逐步消亡。最后，三千万年后，火红的太阳只能覆盖约十分之一的黑色天空。我又降落了一次，因为大批爬行螃蟹已失去踪影，红色海滩除了毫无生气的青苔和地衣外呈现一片死寂。到处白斑点点。阵阵寒意向我袭来，罕见的雪花飘然落下。在东北方，深褐色的星空下白雪皑皑，给起伏绵延的山脉抹上一层粉白色。岸边的海水已经冻住，远处的海面漂着大块浮冰。但大部分辽阔的咸海没有结冰，在永恒的落日余晖的照耀下殷红似血。

“我环顾四周，寻找动物生命的痕迹，一种难以名状的警觉迫使我不敢离开座位。但无论在地上、天空还是海洋，都没有看见任何活动的东西，只有岩石上绿色黏状物证明生命尚未灭绝。水中露出一块沙质浅滩，海水退离了海滩，我觉得我看到某种黑色物体在浅滩上跳动，再定睛一瞧，它又不动了。我想必看花了眼，那只不过是一块黑色礁石。这时，天上的星星格外明亮，只是在我看来却很少闪烁。

“突然间，我注意到西边太阳的圆形轮廓开始发生变化。轮廓出现了缺口，而且越来越大。大约有一分钟时间，我惊骇地注视这个黑色缺口吞噬着白昼。我恍然大悟，原来日食开始了。不是月亮就是水星正在经过日轮。但我更倾向于这样一种解释：我真正看到的是一颗内行星从地球旁边经过。

“黑暗在扩大，清新凛冽的寒风从东边刮来，鹅毛大雪顺势而下，海边泛起阵阵涟漪，发出喃喃低语。整个世界除了这毫无生气的声音外寂静无声。寂静无声？要描述这种寂静实属不易。人类所有的喧闹、羊群的咩咩声、鸟儿的叽叽喳喳声、昆虫的嗡嗡声，形成我们生活背景的喧嚣——都一去不复返。黑暗渐渐加深，漫天飞舞的雪花越下越急，空气越来越冷。最后，远处一个接一个的白色峰顶飞快没入黑暗之中。微风变成哀号的狂风。我看见日食的中心阴影朝我压来。顷刻之间，只剩下惨白的星星发着寒光，其余一切都黯然失色。天空已被黑暗笼罩。

“这无边的、恐怖的黑暗攫住了我，彻骨的寒冷、痛苦的呼吸击垮了我。我浑身发抖，直感恶心。这时，天边出现太阳的边缘，宛若火红的彩虹。我爬出机舱，想让自己定定神。头晕目眩的我已无法面对回程。我站在那里，只觉得天旋地转，阵阵反胃。就在这时，我又看见浅滩上有东西在移动——这一次看得真切，那东西确实在移动——在周围红色水域的衬托下格外醒目。那是一个圆家伙，也许同足球一般大，或比足球大，它的触须拖在身下，在波涛翻腾的血红海水中周身呈黑色。它不时地四处蹦跶着。我感到自己正在失去知觉。但一想到自己无助地躺在这遥远而可怕的暮色中，心里就害怕，我咬咬牙，强迫自己爬上时间机器的座位。”

第十二章

“我就这样回家了。我在机器里肯定有好长时间失去了知觉。日夜的瞬间交替又恢复如初，太阳仍旧金黄，天空依然蔚蓝。我的呼吸也舒畅多了。大陆的轮廓随着潮涨潮落而波动。仪表上的指针在逆转。我终于又见到房屋的模糊影子，没落人类的种种迹象也重新显现。这一切都转瞬即逝，其他景象纷至沓来。这时，百万天数的指针回到零刻度，我放慢了速度。我渐渐认出我们自己的美丽而熟悉的建筑，千位天数指针也回到起点，日夜轮回逐渐放慢速度，实验室熟悉的墙壁近在眼前。我小心地把机器慢慢停下来。

“我注意到一件奇怪的小事。我记得我告诉过你们，我出发时，在还未加到最高速度之前，沃切斯太太正好穿过房间，她穿行的速度犹如火箭冲天。我折回的时候，恰好又经过她穿过实验室的那一分钟，但这一次，她的每一个动作都跟上回不同。她打开低处的门，悄悄走进实验室，折回来，消失在她先前进来的那扇门背后。就在这之前，我仿佛看到希利尔一晃而过。

“我停下来，仔细打量我周围熟悉的实验室，我的工具、我的仪器设备，一切都保持我离开时的模样。我摇摇晃晃地爬出机器，在板凳上坐下来。有好一会儿，我浑身剧烈地发抖。渐渐地，我平静下来。我又置身于我的老实验室，一切都没变。我可能只是睡了一觉，整件事就像一场梦。

“但也不完全如此，时间机器从实验室的东南角出发，现在它停留在西北角，正如你们所看到的，停在这面墙边。这恰恰是小草坪到白色斯芬克斯雕像底座之间的距离，莫洛克人把我的机器搬到了那个底座里。

“有一阵子，我的脑子一片空白。我站起来，瘸着腿走过这里的过道。我的脚跟仍然疼痛，身上脏得不行。我看见门口桌上摆着《蓓尔美尔报》，发觉是当天的报纸。我看了一眼时针，快到八点啦。我听到你们的谈话声和盘子发出的叮当声。我踌躇了，因为我觉得又恶心又虚弱。这时，我闻到了肉的香味儿，便开门走进来。后面的事你们都知道了。我洗了个澡，吃了饭，给你们讲所发生的事。”

“我知道，”他稍微停顿后说，“你们肯定不信。对我来说，难以置信的是，我还能在今晚回到熟悉的老房子，看着你们友好的面孔，把我的冒险经历说给你们听。”

他看看医生，然后说道：“不，我不指望你们相信。就当是谎言好了——或者，当它是预言。就当是我在实验室里做了个梦吧。我一直在思考人类的命运，最后杜撰出这么一个故事。不妨把我说的真相当作增加故事趣味的艺术手法好了，你们怎么看？”

他拿起烟斗，开始习惯性地在炉栅上不停地敲打。有一会儿，房间里悄寂无声。接着开始传来椅子拖动的声音和鞋子刮地板的声音。我把视线从时间旅行者的脸上移向他的听众。他们隐身于暗处，光斑在他们面前飞舞。医生似乎仍在琢磨主人的话。编辑死死盯着雪茄烟头看——这是第六支了。记者在衣袋里摸索他的表。其他人，据我的记忆，只是一动不动地坐着。

编辑叹了一口气站起来。“真遗憾你不是小说家！”他说着把手搭在时间旅行者的肩上。

“你不相信？”

“怎么说呢——”

“我猜你不会相信。”

时间旅行者转向我们问道：“火柴在哪儿？”他点着火柴，一边喷着烟一边说，“实话告诉你们……我自己都不太相信……但是……”他无言地把询问的目光投向小桌上枯萎的白花，接着，把自己拿烟斗的手翻了过来，我注意到他在看指关节上愈合了一半的伤口。

医生站起来走到台灯跟前，仔细观察那些花儿。“花的雌蕊很古怪。”他说。心理学家俯身去看，同时伸出手想拿一朵花。

“我敢打赌现在差一刻就一点了，我们怎么回家？”记者说。

“车站有的是马车。”心理学家说。

“这些花很有趣，”医生说，“但我确实不知道它们的天然构造。能送给我吗？”

时间旅行者迟疑片刻，突然说：“当然不行。”

“你到底从哪儿弄来的？”医生问。

时间旅行者拍拍头。他说起话来就像在努力回忆已经忘却的东西。“这些花是我在时间里旅行时韦娜放进我的口袋里的。”他凝视着整个房间，“该死，快全忘了。这个房间、你们、每天的气氛，我的记忆承载不了这么多。我制造过时间机器或时间机器模型吗？或者这仅仅是场梦？据说生活是一场梦，有时候是一个珍贵的、可怜的梦——但我受不了另一个说不清、道不明的梦。我会发疯的。这梦从何而来？我得去看看机器，看看是不是存在。”

他飞快地抓起红光闪烁的台灯，一溜烟儿地走出门来到走廊上。我们尾随在后。在闪烁的灯光下，时间机器确实就在那里，低矮丑陋，还歪歪斜斜的。它是由黄铜、乌木、象牙和半透明发光的石英组成的，摸上去很结实——我伸出手，摸了摸机器围栏——象牙上有茶色的斑点和污渍，机器下部沾有青草和青苔，一个横杆已经弯曲。

时间旅行者把灯放在板凳上，抚摸着损坏的横杆，“现在一切正常，”他说，“我告诉你们的故事是真的。抱歉把你们带到外面来受冻。”他拿着灯，我们一言不发地回到吸烟室。

他随我们一起来到大厅，帮助编辑穿上大衣。医生仔细打量着他的脸，迟疑地说他肯定是工作过度了。时间旅行者听了哈哈大笑。我记得时间旅行者站在门口向我们大声道晚安。

我和编辑共坐一辆马车。他认为这故事是一个“弥天大谎”。就我来说，很难下结论。故事本身离奇得令人难以置信，但讲得头头是道，十分可信。夜里大部分时间我都没睡，一直想着这事儿。我决定第二天再次拜访时间旅行者。我被告知他在实验室里，因为我对这栋房子相当熟悉，就直接去找他。实验室没人。我盯着时间机器看了一分钟，伸手去摸操纵杆。突然，这个敦敦实实的大家伙像风中的树枝一样摇晃起来。它这么不稳定，着实吓了我一跳。奇怪，这让我想起了童年时代，大人们总是这也不许我碰，那也不许我摸。于是我从走廊折回来，在吸烟室遇到了时间旅行者。他一只胳膊夹着一架小照相机，另一只胳膊夹着一个背包，正要出门。他一见我就笑起来，用胳膊肘捅捅我。“我忙死了，”他说，“全都忙着那玩意儿。”

“不是什么把戏吧？”我说，“你真的到时间里旅行过了？”

“千真万确。”他坦率地盯住我的眼睛。然后，他犹豫了一会儿，眼睛把房间扫视一遍。“我只需要半个小时，”他说，“我知道你为什么来，你真是太好了。这里有杂志。如果你留下吃中饭，我将彻底证明这次旅行的真实性，还会带回标本什么的。你能原谅我现在离开吗？”

我同意了，但我并没完全领会他话中的全部含义。他点点头，走进走廊。我听到实验室的门“砰”地关上。我坐下来，顺手拿起日报。中饭前他究竟干什么去啦？突然，一则广告让我想起我答应两点去见我的出版商理查森。我看了看表，发现勉强还来得及赴约。我起身穿过走廊，准备向时间旅行者说明此事。

我刚把手搁在门把手上就听到一声大叫，叫声戛然而止。然后是“咔嗒”一声和“嘭”的一声。我打开门，一阵旋风把我团团围住，从里面传来玻璃掉在地上打碎的声音。时间旅行者不在屋内。一瞬间，我仿佛看见一个鬼魅般的模糊身影坐在黑色和黄铜色中间——一个透明的身影，透过它我竟能清楚地看见后面的板凳和图纸。我揉揉眼睛，这幻影已飞掠而逝。时间机器失踪了，除了缓缓落地的尘埃，实验室的那一头是空的。显然，天窗的玻璃刚才掉了下来。

我感到说不出的惊讶。我知道有奇怪的事发生，但当时分辨不出究竟发生了什么奇怪的事。就在我目瞪口呆之际，通向花园的门开了，男仆走了进来。

我们面面相觑。我开始有了主意。“先生——是从那儿出去的吗？”我说。

“不是，没人从这条路出去。我以为能在这儿找到他。”

我顿时明白过来。尽管理查森会感到失望，我没走，仍等着时间旅行者返回，等着第二个更为奇特的故事，等着他带回标本和照片。不过，现在我开始担心我恐怕得等上一辈子。时间旅行者失踪已经三年，众所周知，他一直没有回来。

尾　声

你没办法不浮想联翩。他会回来吗？或许他回到古代，落入石器时代茹毛饮血、毛发丛生的野蛮人手里，或许掉进深渊般的白垩纪海洋，或者混迹于侏罗纪时代的怪异蜥蜴和巨大的爬行动物之中。他现在甚至可能——如果我能这么说的话——漫步于蛇颈龙出没的珊瑚礁之间，漫步于三叠纪时期孤寂的盐湖湖畔。或者，他往未来走，来到离我们不远的时代。在那些时代里，人仍旧是人，但我们时代的谜底已揭开，那些叫人殚精竭虑的问题已解决。也许他已进入人类的成熟期：就我来说，我并不认为实验毫无说服力、理论支离破碎、人与人相互不和的近代就是人类的巅峰时代。我是说依我之见。但我知道，早在时间机器发明之前，他就不看好人类的进步，认为文明的逐步积累是愚蠢的堆积，终究会不可避免地一垮到底，继而毁灭这些文明的创造者。倘若果真如此，我们也只有若无其事地活下去。但在我看来，未来依旧是黑暗空洞的——是一个巨大的未知数，只有回忆起他的故事才能得到少许提示。对我而言，值得欣慰的是，那两朵白色奇葩就在我这儿。尽管它们已枯萎、变黄，而且又瘪又脆，却见证了即使在智力和体力消亡的时代，感激之情和相互间的温存依旧滋润着人的心田。

The Time Machine

by

Herbert George Wells

Chapter 1

The Time Traveller (for so it will be convenient to speak of him) was expounding a recondite matter to us. His grey eyes shone and twinkled, and his usually pale face was flushed and animated. The fire burned brightly, and the soft radiance of the incandescent lights in the lilies of silver caught the bubbles that flashed and passed in our glasses. Our chairs, being his patents, embraced and caressed us rather than submitted to be sat upon, and there was that luxurious after–dinner atmosphere when thought roams gracefully free of the trammels of precision. And he put it to us in this way—marking the points with a lean forefinger—as we sat and lazily admired his earnestness over this new paradox (as we thought it) and his fecundity.

"You must follow me carefully. I shall have to controvert one or two ideas that are almost universally accepted. The geometry, for instance, they taught you at school is founded on a misconception."

"Is not that rather a large thing to expect us to begin upon?" Said Filby, an argumentative person with red hair.

"I do not mean to ask you to accept anything without reasonable ground for it. You will soon admit as much as I need from you. You know of course that a mathematical line, a line of thickness nil, has no real existence. They taught you that? Neither has a mathematical plane. These things are mere abstractions."

"That is all right." Said the Psychologist.

"Nor, having only length, breadth, and thickness, can a cube have a real existence."

"There I object," said Filby, "Of course a solid body may exist. All real things—"

"So most people think. But wait a moment. Can an instantaneous cube exist?"

"Don't follow you." Said Filby.

"Can a cube that does not last for any time at all, have a real existence?"

Filby became pensive. "Clearly," the Time Traveller proceeded, "any real body must have extension in four directions: it must have Length, Breadth, Thickness, and—Duration. But through a natural infirmity of the flesh, which I will explain to you in a moment, we incline to overlook this fact. There are really four dimensions, three which we call the three planes of Space, and a fourth, Time. There is, however, a tendency to draw an unreal distinction between the former three dimensions and the latter, because it happens that our consciousness moves intermittently in one direction along the latter from the beginning to the end of our lives."

"That," said a very young man, making spasmodic efforts to relight his cigar over the lamp, "that ... very clear indeed."

"Now, it is very remarkable that this is so extensively overlooked," continued the Time Traveller, with a slight accession of cheerfulness. "Really this is what is meant by the Fourth Dimension, though some people who talk about the Fourth Dimension do not know they mean it. It is only another way of looking at Time. There is no difference between Time and any of the three dimensions of Space except that our consciousness moves along it. But some foolish people have got hold of the wrong side of that idea. You have all heard what they have to say about this Fourth Dimension?"

"I have not." Said the Provincial Mayor.

"It is simply this. That Space, as our mathematicians have it, is spoken of as having three dimensions, which one may call Length, Breadth, and Thickness, and is always definable by reference to three planes, each at right angles to the others. But some philosophical people have been asking why three dimensions particularly—why not another direction at right angles to the other three—and have even tried to construct a Four-Dimension geometry. Professor Simon Newcomb was expounding this to the New York Mathematical Society only a month or so ago. You know how on a flat surface, which has only two dimensions, we can represent a figure of a three–dimensional solid, and similarly they think that by models of three dimensions they could represent one of four—if they could master the perspective of the thing. See?"

"I think so." murmured the Provincial Mayor; and, knitting his brows, he lapsed into an introspective state, his lips moving as one who repeats mystic words. "Yes, I think I see it now." he said after some time, brightening in a quite transitory manner.

"Well, I do not mind telling you I have been at work upon this geometry of Four Dimensions for some time. Some of my results are curious.For instance, here is a portrait of a man at eight years old, another at fifteen, another at seventeen, another at twenty–three, and so on. All these are evidently sections, as it were, Three–Dimensional representations of his Four–Dimensioned being, which is a fixed and unalterable thing."

"Scientific people," proceeded the Time Traveller, after the pause required for the proper assimilation of this, "know very well that Time is only a kind of Space. Here is a popular scientific diagram, a weather record. This line I trace with my finger shows the movement of the barometer. Yesterday it was so high, yesterday night it fell, then this morning it rose again, and so gently upward to here. Surely the mercury did not trace this line in any of the dimensions of Space generally recognized? But certainly it traced such a line, and that line, therefore, we must conclude was along the Time–Dimension."

"But," said the Medical Man, staring hard at a coal in the fire, "if Time is really only a fourth dimension of Space, why is it, and why has it always been, regarded as something different? And why cannot we move in Time as we move about in the other dimensions of Space?"

The Time Traveller smiled: "Are you sure we can move freely in Space? Right and left we can go, backward and forward freely enough, and men always have done so. I admit we move freely in two dimensions. But how about up and down? Gravitation limits us there."

"Not exactly," said the Medical Man. "There are balloons."

"But before the balloons, save for spasmodic jumping and the inequalities of the surface, man had no freedom of vertical movement."

"Still they could move a little up and down." Said the Medical Man.

"Easier, far easier down than up."

"And you cannot move at all in Time, you cannot get away from the present moment."

"My dear sir, that is just where you are wrong. That is just where the whole world has gone wrong. We are always getting away from the present moment. Our mental existences, which are immaterial and have no dimensions, are passing along the Time–Dimension with a uniform velocity from the cradle to the grave. Just as we should travel down if we began our existence fifty miles above the earth's surface."

"But the great difficulty is this," interrupted the Psychologist. "You can move about in all directions of Space, but you cannot move about in Time."

"That is the germ of my great discovery. But you are wrong to say that we cannot move about in Time. For instance, if I am recalling an incident very vividly I go back to the instant of its occurrence: I become absentminded, as you say. I jump back for a moment. Of course we have no means of staying back for any length of Time, any more than a savage or an animal has of staying six feet above the ground. But a civilized man is better off than the savage in this respect. He can go up against gravitation in a balloon, and why should he not hope that ultimately he may be able to stop or accelerate his drift along the Time–Dimension, or even turn about and travel the other way?"

"Oh, this," began Filby, "is all—"

"Why not?" Said the Time Traveller.

"It' s against reason." Said Filby.

"What reason?" Said the Time Traveller.

"You can show black is white by argument," said Filby, "but you will never convince me."

"Possibly not," said the Time Traveller. "But now you begin to see the object of my investigations into the geometry of Four Dimensions. Long ago I had a vague inkling of a machine—"

"To travel through Time!" Exclaimed the Very Young Man.

"That shall travel indifferently in any direction of Space and Time, as the driver determines."

Filby contented himself with laughter.

"But I have experimental verification." Said the Time Traveller.

"It would be remarkably convenient for the historian," the Psychologist suggested. "One might travel back and verify the accepted account of the Battle of Hastings, for instance!"

"Don't you think you would attract attention?" Said the Medical Man. "Our ancestors had no great tolerance for anachronisms."

"One might get one's Greek from the very lips of Homer and Plato." The Very Young Man thought.

"In which case they would certainly plough you for the Little–go. The German scholars have improved Greek so much."

"Then there is the future," said the Very Young Man. "Just think! One might invest all one's money, leave it to accumulate at interest, and hurry on ahead!"

"To discover a society," said I, "erected on a strictly communistic basis."

"Of all the wild extravagant theories!" Began the Psychologist.

"Yes, so it seemed to me, and so I never talked of it until—"

"Experimental verification!" cried I. "You are going to verify that?"

"The experiment!" cried Filby, who was getting brain–weary.

"Let's see your experiment anyhow," said the Psychologist, "though it's all humbug, you know."

The Time Traveller smiled round at us. Then, still smiling faintly, and with his hands deep in his trousers pockets, he walked slowly out of the room, and we heard his slippers shuffling down the long passage to his laboratory.

The Psychologist looked at us: "I wonder what he's got?"

"Some sleight-of-hand trick or other." Said the Medical Man, and Filby tried to tell us about a conjurer he had seen at Burslem; but before he had finished his preface the Time Traveller came back, and Filby's anecdote collapsed.

The thing the Time Traveller held in his hand was a glittering metallic framework, scarcely larger than a small clock, and very delicately made. There was ivory in it, and some transparent crystalline substance. And now I must be explicit, for this that follows—unless his explanation is to be accepted—is an absolutely unaccountable thing. He took one of the small octagonal tables that were scattered about the room, and set it in front of the fire, with two legs on the hearthrug. On this table he placed the mechanism. Then he drew up a chair, and sat down. The only other object on the table was a small shaded lamp, the bright light of which fell upon the model. There were also perhaps a dozen candles about, two in brass candlesticks upon the mantel and several in sconces, so that the room was brilliantly illuminated. I sat in a low arm–chair nearest the fire, and I drew this forward so as to be almost between the Time Traveller and the fireplace. Filby sat behind him, looking over his shoulder. The Medical Man and the Provincial Mayor watched him in profile from the right, the Psychologist from the left. The Very Young Man stood behind the Psychologist. We were all on the alert. It appears incredible to me that any kind of trick, however subtly conceived and however adroitly done, could have been played upon us under these conditions.

The Time Traveller looked at us, and then at the mechanism. “Well?” Said the Psychologist.

“This little affair,” said the Time Traveller, resting his elbows upon the table and pressing his hands together above the apparatus, “is only a model. It is my plan for a machine to travel through time. You will notice that it looks singularly askew, and that there is an odd twinkling appearance about this bar, as though it was in some way unreal. He pointed to the part with his finger. Also, here is one little white lever, and here is another.”

The Medical Man got up out of his chair and peered into the thing. “It’s beautifully made.” He said.

“It took two years to make, retorted the Time Traveller. Then, when we had all imitated the action of the Medical Man, he said: Now I want you clearly to understand that this lever, being pressed over, sends the machine gliding into the future, and this other reverses the motion. This saddle represents the seat of a time traveller. Presently I am going to press the lever, and off the machine will go. It will vanish, pass into future Time, and disappear. Have a good look at the thing. Look at the table too, and satisfy yourselves there is no trickery. I don't want to waste this model, and then be told I'm a quack."

There was a minute's pause perhaps. The Psychologist seemed about to speak to me, but changed his mind. Then the Time Traveller put forth his finger towards the lever. "No." He said suddenly. "Lend me your hand." And turning to the Psychologist, he took that individual's hand in his own and told him to put out his forefinger. So that it was the Psychologist himself who sent forth the model Time Machine on its interminable voyage. We all saw the lever turn. I am absolutely certain there was no trickery. There was a breath of wind, and the lamp flame jumped. One of the candles on the mantel was blown out, and the little machine suddenly swung round, became indistinct, was seen as a ghost for a second perhaps, as an eddy of faintly glittering brass and ivory; and it was gone—vanished! Save for the lamp the table was bare.

Everyone was silent for a minute. Then Filby said he was damned.

The Psychologist recovered from his stupor, and suddenly looked under the table. At that the Time Traveller laughed cheerfully. "Well?" He said, with a reminiscence of the Psychologist. Then, getting up, he went to the tobacco jar on the mantel, and with his back to us began to fill his pipe.

We stared at each other. “Look here,” said the Medical Man, “are you in earnest about this? Do you seriously believe that that machine has travelled into time?”

“Certainly,” said the Time Traveller, stooping to light a spill at the fire. Then he turned, lighting his pipe, to look at the Psychologist’s face. (The Psychologist, to show that he was not unhinged, helped himself to a cigar and tried to light it uncut.) “What is more, I have a big machine nearly finished in there.” he indicated the laboratory,and when that is put together, “ I mean to have a journey on my own account.”

“You mean to say that that machine has travelled into the future?” Said Filby.

“Into the future or the past—I don’t, for certain, know which.”

After an interval the Psychologist had an inspiration: “It must have gone into the past if it has gone anywhere.” He said.

“Why?” Said the Time Traveller.

“Because I presume that it has not moved in space, and if it travelled into the future it would still be here all this time, since it must have travelled through this time.”

“But,” I said, “If it travelled into the past it would have been visible when we came first into this room; and last Thursday when we were here; and the Thursday before that; and so forth!”

"Serious objections." Remarked the Provincial Mayor, with an air of impartiality, turning towards the Time Traveller.

"Not a bit," said the Time Traveller, and, to the Psychologist, "You think. You can explain that. It's presentation below the threshold, you know, diluted presentation."

"Of course," said the Psychologist, and reassured us. "That's a simple point of psychology. I should have thought of it. It's plain enough, and helps the paradox delightfully. We cannot see it, nor can we appreciate this machine, any more than we can the spoke of a wheel spinning, or a bullet flying through the air. If it is travelling through time fifty times or a hundred times faster than we are, if it gets through a minute while we get through a second, the impression it creates will of course be only one–fiftieth or one–hundredth of what it would make if it were not travel–ling in time. That's plain enough." He passed his hand through the space in which the machine had been. "You see?" he said, laughing.

We sat and stared at the vacant table for a minute or so. Then the Time Traveller asked us what we thought of it all.

"It sounds plausible enough to–night," said the Medical Man, "but wait until to–morrow. Wait for the common sense of the morning."

"Would you like to see the Time Machine itself?" Asked the Time Traveller. And therewith, taking the lamp in his hand, he led the way down the long, draughty corridor to his laboratory. I remember vividly the flickering light, his queer, broad head in silhouette, the dance of the shadows, how we all followed him, puzzled but incredulous, and how there in the laboratory we beheld a larger edition of the little mechanism which we had seen vanish from before our eyes. Parts were of nickel, parts of ivory, parts had certainly been filed or sawn out of rock crystal. The thing was generally complete, but the twisted crystalline bars lay unfinished upon the bench beside some sheets of drawings, and I took one up for a better look at it. Quartz it seemed to be.

"Look here," said the Medical Man, "are you perfectly serious? Or is this a trick—like that ghost you showed us last Christmas?"

"Upon that machine," said the Time Traveller, holding the lamp aloft, "I intend to explore time. Is that plain? I was never more serious in my life."

None of us quite knew how to take it.

I caught Filby's eye over the shoulder of the Medical Man, and he winked at me solemnly.

Chapter 2

I think that at that time none of us quite believed in the Time Machine. The fact is, the Time Traveller was one of those men who are too clever to be believed: you never felt that you saw all round him; you always suspected some subtle reserve, some ingenuity in ambush, behind his lucid frankness. Had Filby shown the model and explained the matter in the Time Traveller's words, we should have shown him far less scepticism. For we should have perceived his motives; a pork butcher could understand Filby. But the Time Traveller had more than a touch of whim among his elements, and we distrusted him. Things that would have made the frame of a less clever man seemed tricks in his hands. It is a mistake to do things too easily. The serious people who took him seriously never felt quite sure of his deportment; they were somehow aware that trusting their reputations for judgment with him was like furnishing a nursery with egg–shell china. So I don't think any of us said very much about time travelling in the interval between that Thursday and the next, though its odd potentialities ran, no doubt, in most of our minds: its plausibility, that is, its practical incredibleness, the curious possibilities of anachronism and of utter confusion it suggested. For my own part, I was particularly preoccupied with the trick of the model. That I remember discussing with the Medical Man, whom I met on Friday at the Linnaean. He said he had seen a similar thing at Tubingen, and laid considerable stress on the blowing out of the candle. But how the trick was done he could not explain.

The next Thursday I went again to Richmond—I suppose I was one of the Time Traveller's most constant guests—and, arriving late, found four or five men already assembled in his drawing–room. The Medical Man was standing before the fire with a sheet of paper in one hand and his watch in the other. I looked round for the Time Traveller, and— "It's half–past seven now," said the Medical Man. "I suppose we'd better have dinner?"

"Where's—?" Said I, naming our host.

"You've just come? It's rather odd. He's unavoidably detained. He asks me in this note to lead off with dinner at seven if he's not back. Says he'll explain when he comes."

"It seems a pity to let the dinner spoil." Said the Editor of a well–known daily paper; and thereupon the Doctor rang the bell.

The Psychologist was the only person besides the Doctor and myself who had attended the previous dinner. The other men were Blank, the

Editor aforementioned, a certain journalist, and another—a quiet, shy man with a beard—whom I didn't know, and who, as far as my observation went, never opened his mouth all the evening. There was some speculation at the dinner-table about the Time Traveller's absence, and I suggested time travelling, in a half-jocular spirit. The Editor wanted that explained to him, and the Psychologist volunteered a wooden account of the "ingenious paradox and trick" we had witnessed that day week. He was in the midst of his exposition when the door from the corridor opened slowly and without noise. I was facing the door, and saw it first. "Hallo!" I said. "At last!" And the door opened wider, and the Time Traveller stood before us. I gave a cry of surprise. "Good heavens! man, what's the matter?" cried the Medical Man, who saw him next. And the whole tableful turned towards the door.

He was in an amazing plight. His coat was dusty and dirty, and smeared with green down the sleeves; his hair disordered, and as it seemed to me greyer—either with dust and dirt or because its colour had actually faded. His face was ghastly pale; his chin had a brown cut on it—a cut half healed; his expression was haggard and drawn, as by intense suffering. For a moment he hesitated in the doorway, as if he had been dazzled by the light. Then he came into the room. He walked with just such a limp as I have seen in footsore tramps. We stared at him in silence, expecting him to speak.

He said not a word, but came painfully to the table, and made a motion towards the wine. The Editor filled a glass of champagne, and pushed it towards him. He drained it, and it seemed to do him good: for he looked round the table, and the ghost of his old smile flickered across his face. "What on earth have you been up to, man?" Said the Doctor. The Time Traveller did not seem to hear. "Don't let me disturb you," he said, with a certain faltering articulation. "I'm all right." He stopped, held out his glass for more, and took it off at a draught. "That's good." He said. His eyes grew brighter, and a faint colour came into his cheeks. His glance flickered over our faces with a certain dull approval, and then went round the warm and comfortable room. Then he spoke again, still as it were feeling his way among his words. "I'm going to wash and dress, and then I'll come down and explain things... Save me some of that mutton. I'm starving for a bit of meat."

He looked across at the Editor, who was a rare visitor, and hoped he was all right. The Editor began a question. "Tell you presently," said the Time Traveller. "I'm—funny! Be all right in a minute."

He put down his glass, and walked towards the staircase door. Again I remarked his lameness and the soft padding sound of his footfall, and standing up in my place, I saw his feet as he went out. He had nothing on them but a pair of tattered, blood–stained socks. Then the door closed upon him. I had half a mind to follow, till I remembered how he detested any fuss about himself. For a minute, perhaps, my mind was wool–gathering. Then,

"Remarkable Behaviour of an Eminent Scientist." I heard the Editor say, thinking (after his wont) in headlines. And this brought my attention back to the bright dinner–table.

"What's the game?" Said the Journalist. "Has he been doing the Amateur Cadger? I don't follow." I met the eye of the Psychologist, and read my own interpretation in his face. I thought of the Time Traveller limping painfully upstairs. I don't think any one else had noticed his lameness.

The first to recover completely from this surprise was the Medical Man, who rang the bell—the Time Traveller hated to have servants waiting at dinner—for a hot plate. At that the Editor turned to his knife and fork with a grunt, and the Silent Man followed suit. The dinner was resumed.

Conversation was exclamatory for a little while, with gaps of wonderment; and then the Editor got fervent in his curiosity. "Does our friend eke out his modest income with a crossing? or has he his Nebuchadnezzar phases?" He inquired. "I feel assured it's this business of the Time Machine." I said, and took up the Psychologist's account of our previous meeting. The new guests were frankly incredulous. The Editor raised objections: "What was this time travelling? A man couldn't cover himself with dust by rolling in a paradox, could he?" And then, as the idea came home to him, he resorted to caricature. Hadn't they any clothes–brushes in the Future? The Journalist too, would not believe at any price, and joined the Editor in the easy work of heaping ridicule on the whole thing. They were both the new kind of journalist—very joyous, irreverent young men. "Our Special Correspondent in the Day after To-morrow reports." The Journalist was saying—or rather shouting—when the Time Traveller came back. He was dressed in ordinary evening clothes, and nothing save his haggard look remained of the change that had startled me.

"I say," said the Editor hilariously, "these chaps here say you have been travelling into the middle of next week! Tell us all about little Rosebery, will you? What will you take for the lot?"

The Time Traveller came to the place reserved for him without a word.He smiled quietly, in his old way. "Where's my mutton?" He said. "What a treat it is to stick a fork into meat again!"

"Story!" Cried the Editor.

"Story be damned!" said the Time Traveller. "I want something to eat. I won't say a word until I get some peptone into my arteries. Thanks. And the salt."

"One word," said I, "Have you been time travelling?"

"Yes." Said the Time Traveller, with his mouth full, nodding his head.

"I'd give a shilling a line for a verbatim note." Said the Editor. The Time Traveller pushed his glass towards the Silent Man and rang it with his fingernail; at which the Silent Man, who had been staring at his face, started convulsively, and poured him wine. The rest of the dinner was uncomfortable. For my own part, sudden questions kept on rising to my lips, and I dare say it was the same with the others. The Journalist tried to relieve the tension by telling anecdotes of Hettie Potter. The Time Traveller devoted his attention to his dinner, and displayed the appetite of a tramp. The Medical Man smoked a cigarette, and watched the Time Traveller through his eyelashes. The Silent Man seemed even more clumsy than usual, and drank champagne with regularity and determination out of sheer nervousness. At last the Time Traveller pushed his plate away, and looked round us. "I suppose I must apologize," he said. "I was simply starving. I've had a most amazing time." He reached out his hand for a cigar, and cut the end. "But come into the smoking-room. It's too long a story to tell over greasy plates." And ringing the bell in passing, he led the way into the adjoining room.

"You have told Blank, and Dash, and Chose about the machine?" He said to me, leaning back in his easy-chair and naming the three new guests.

"But the thing's a mere paradox." Said the Editor.

"I can't argue to-night. I don't mind telling you the story, but I can't argue.I will," he went on, "tell you the story of what has happened to me, if you like, but you must refrain from interruptions. I want to tell it. Badly.Most of it will sound like lying. So be it! It's true—every word of it, all the same. I was in my laboratory at four o'clock, and since then... I've lived eight days... such days as no human being ever lived before! I'm nearly worn out, but I shan't sleep till I've told this thing over to you. Then I shall go to bed. But no interruptions! Is it agreed?"

"Agreed." Said the Editor, and the rest of us echoed "Agreed." And with that the Time Traveller began his story as I have set it forth. He sat back in his chair at first, and spoke like a weary man. Afterwards he got more animated. In writing it down I feel with only too much keenness the inadequacy of pen and ink—and, above all, my own inadequacy—to express its quality. You read, I will suppose, attentively enough; but you cannot see the speaker's white, sincere face in the bright circle of the little lamp, nor hear the intonation of his voice. You cannot know how his expression followed the turns of his story! Most of us hearers were in shadow, for the candles in the smoking-room had not been lighted, and only the face of the Journalist and the legs of the Silent Man from the knees downward were illuminated. At first we glanced now and again at each other. After a time we ceased to do that, and looked only at the Time Traveller's face.

Chapter 3

"I told some of you last Thursday of the principles of the Time Machine, and showed you the actual thing itself, incomplete in the workshop.There it is now, a little travel–worn, truly; and one of the ivory bars is cracked, and a brass rail bent; but the rest of it's sound enough. I expected to finish it on Friday, but on Friday, when the putting together was nearly done, I found that one of the nickel bars was exactly one inch too short, and this I had to get remade; so that the thing was not complete until this morning. It was at ten o'clock to–day that the first of all Time Machines began its career. I gave it a last tap, tried all the screws again, put one more drop of oil on the quartz rod, and sat myself in the saddle. I suppose a suicide who holds a pistol to his skull feels much the same wonder at what will come next as I felt then. I took the starting lever in one hand and the stopping one in the other, pressed the first, and almost immediately the second. I seemed to reel; I felt a nightmare sensation of falling; and, looking round, I saw the laboratory exactly as before. Had anything happened? For a moment I suspected that my intellect had tricked me. Then I noted the clock. A moment before, as it seemed, it had stood at a minute or so past ten; now it was nearly half–past three!

"I drew a breath, set my teeth, gripped the starting lever with both hands, and went off with a thud. The laboratory got hazy and went dark. Mrs. Watchett came in and walked, apparently without seeing me, towards the garden door. I suppose it took her a minute or so to traverse the place, but to me she seemed to shoot across the room like a rocket. I pressed the lever over to its extreme position. The night came like the turning out of a lamp, and in another moment came to–morrow. The laboratory grew faint and hazy, then fainter and ever fainter. To–morrow night came black, then day again, night again, day again, faster and faster still. An eddying murmur filled my ears, and a strange, dumb confusedness descended on my mind.

"I am afraid I cannot convey the peculiar sensations of time travelling. They are excessively unpleasant. There is a feeling exactly like that one has upon a switchback—of a helpless headlong motion! I felt the same horrible anticipation, too, of an imminent smash. As I put on pace, night followed day like the flapping of a black wing. The dim suggestion of the laboratory seemed presently to fall away from me, and I saw the sun hopping swiftly across the sky, leaping it every minute, and every minute marking a day. I supposed the laboratory had been destroyed and I had come into the open air. I had a dim impression of scaffolding, but I was already going too fast to be conscious of any moving things.The slowest snail that ever crawled dashed by too fast for me. The twinkling succession of darkness and light was excessively painful to the eye.Then, in the intermittent darknesses, I saw the moon spinning swiftly through her quarters from new to full, and had a faint glimpse of the circling stars. Presently, as I went on, still gaining velocity, the palpitation of night and day merged into one continuous greyness; the sky took on a wonderful deepness of blue, a splendid luminous color like that of early twilight; the jerking sun became a streak of fire, a brilliant arch, in space; the moon a fainter fluctuating band; and I could see nothing of the stars, save now and then a brighter circle flickering in the blue.

"The landscape was misty and vague. I was still on the hill–side upon which this house now stands, and the shoulder rose above me grey and dim. I saw trees growing and changing like puffs of vapour, now brown, now green; they grew, spread, shivered, and passed away. I saw huge buildings rise up faint and fair, and pass like dreams. The whole surface of the earth seemed changed—melting and flowing under my eyes. The little hands upon the dials that registered my speed raced round faster and faster. Presently I noted that the sun belt swayed up and down, from solstice to solstice, in a minute or less, and that consequently my pace was over a year a minute; and minute by minute the white snow flashed across the world, and vanished, and was followed by the bright, brief green of spring.

"The unpleasant sensations of the start were less poignant now. They merged at last into a kind of hysterical exhilaration. I remarked indeed a clumsy swaying of the machine, for which I was unable to account. But my mind was too confused to attend to it, so with a kind of madness growing upon me, I flung myself into futurity. At first I scarce thought of stopping, scarce thought of anything but these new sensations. But presently a fresh series of impressions grew up in my mind—a certain curiosity and therewith a certain dread—until at last they took complete possession of me. What strange developments of humanity, what wonderful advances upon our rudimentary civilization, I thought, might not appear when I came to look nearly into the dim elusive world that raced and fluctuated before my eyes! I saw great and splendid architecture rising about me, more massive than any buildings of our own time, and yet, as it seemed, built of glimmer and mist. I saw a richer green flow up the hill–side, and remain there, without any wintry intermission. Even through the veil of my confusion the earth seemed very fair. And so my mind came round to the business of stopping.

"The peculiar risk lay in the possibility of my finding some substance in the space which I, or the machine, occupied. So long as I travelled at a high velocity through time, this scarcely mattered; I was, so to speak, attenuated—was slipping like a vapour through the interstices of intervening substances! But to come to a stop involved the jamming of myself, molecule by molecule, into whatever lay in my way; meant bringing my atoms into such intimate contact with those of the obstacle that a profound chemical reaction—possibly a far–reaching explosion—would result, and blow myself and my apparatus out of all possible dimensions—into the Unknown. This possibility had occurred to me again and again while I was making the machine; but then I had cheerfully accepted it as an unavoidable risk—one of the risks a man has got to take!Now the risk was inevitable, I no longer saw it in the same cheerful light.The fact is that, insensibly, the absolute strangeness of everything, the sickly jarring and swaying of the machine, above all, the feeling of prolonged falling, had absolutely upset my nerve. I told myself that I could never stop, and with a gust of petulance I resolved to stop forthwith.Like an impatient fool, I lugged over the lever, and incontinently the thing went reeling over, and I was flung headlong through the air.

"There was the sound of a clap of thunder in my ears. I may have been stunned for a moment. A pitiless hail was hissing round me, and I was sitting on soft turf in front of the overset machine. Everything still seemed grey, but presently I remarked that the confusion in my ears was gone. I looked round me. I was on what seemed to be a little lawn in a garden, surrounded by rhododendron bushes, and I noticed that their mauve and purple blossoms were dropping in a shower under the beating of the hail–stones. The rebounding, dancing hail hung in a cloud over the machine, and drove along the ground like smoke. In a moment I was wet to the skin. 'Fine hospitality,' said I, 'to a man who has travelled innumerable years to see you.'

"Presently I thought what a fool I was to get wet. I stood up and looked round me. A colossal figure, carved apparently in some white stone, loomed indistinctly beyond the rhododendrons through the hazy downpour. But all else of the world was invisible.

"My sensations would be hard to describe. As the columns of hail grew thinner, I saw the white figure more distinctly. It was very large, for a silver birch–tree touched its shoulder. It was of white marble, in shape something like a winged sphinx, but the wings, instead of being carried vertically at the sides, were spread so that it seemed to hover. The pedestal, it appeared to me, was of bronze, and was thick with verdigris. It chanced that the face was towards me; the sightless eyes seemed to watch me; there was the faint shadow of a smile on the lips. It was greatly weather–worn, and that imparted an unpleasant suggestion of disease. I stood looking at it for a little space—half a minute, perhaps, or half an hour. It seemed to advance and to recede as the hail drove before it denser or thinner. At last I tore my eyes from it for a moment and saw that the hail curtain had worn threadbare, and that the sky was lightening with the promise of the sun.

"I looked up again at the crouching white shape, and the full temerity of my voyage came suddenly upon me. What might appear when that hazy curtain was altogether withdrawn? What might not have happened to men?

What if cruelty had grown into a common passion? What if in this interval the race had lost its manliness and had developed into something inhuman, unsympathetic, and overwhelmingly powerful? I might seem some old–world savage animal, only the more dreadful and disgusting for our common likeness—a foul creature to be incontinently slain.

"Already I saw other vast shapes—huge buildings with intricate parapets and tall columns, with a wooded hill–side dimly creeping in upon me through the lessening storm. I was seized with a panic fear. I turned frantically to the Time Machine, and strove hard to readjust it. As I did so the shafts of the sun smote through the thunderstorm. The grey downpour was swept aside and vanished like the trailing garments of a ghost. Above me, in the intense blue of the summer sky, some faint brown shreds of cloud whirled into nothingness. The great buildings about me stood out clear and distinct, shining with the wet of the thunderstorm, and picked out in white by the unmelted hailstones piled along their courses. I felt naked in a strange world. I felt as perhaps a bird may feel in the clear air, knowing the hawk wings above and will swoop. My fear grew to frenzy. I took a breathing space, set my teeth, and again grappled fiercely, wrist and knee, with the machine. It gave under my desperate onset and turned over. It struck my chin violently.One hand on the saddle, the other on the lever, I stood panting heavily in attitude to mount again. "But with this recovery of a prompt retreat my courage recovered. I looked more curiously and less fearfully at this world of the remote future.In a circular opening, high up in the wall of the nearer house, I saw a group of figures clad in rich soft robes. They had seen me, and their faces were directed towards me.

"Then I heard voices approaching me. Coming through the bushes by the White Sphinx were the heads and shoulders of men running. One of these emerged in a pathway leading straight to the little lawn upon which I stood with my machine. He was a slight creature—perhaps four feet high—clad in a purple tunic, girdled at the waist with a leather belt.Sandals or buskins—I could not clearly distinguish which—were on his feet; his legs were bare to the knees, and his head was bare. Noticing that, I noticed for the first time how warm the air was.

"He struck me as being a very beautiful and graceful creature, but indescribably frail. His flushed face reminded me of the more beautiful kind of consumptive—that hectic beauty of which we used to hear so much. At the sight of him I suddenly regained confidence. I took my hands from the machine."

Chapter 4

"In another moment we were standing face to face, I and this fragile thing out of futurity. He came straight up to me and laughed into my eyes. The absence from his bearing of any sign of fear struck me at once. Then he turned to the two others who were following him and spoke to them in a strange and very sweet and liquid tongue.

"There were others coming, and presently a little group of perhaps eight or ten of these exquisite creatures were about me. One of them addressed me. It came into my head, oddly enough, that my voice was too harsh and deep for them. So I shook my head, and, pointing to my ears, shook it again. He came a step forward, hesitated, and then touched my hand. Then I felt other soft little tentacles upon my back and shoulders. They wanted to make sure I was real. There was nothing in this at all alarming. Indeed, there was something in these pretty little people that inspired confidence—a graceful gentleness, a certain childlike ease. And besides, they looked so frail that I could fancy myself flinging the whole dozen of them about like nine–pins. But I made a sudden motion to warn them when I saw their little pink hands feeling at the Time Machine.Happily then, when it was not too late, I thought of a danger I had hitherto forgotten, and reaching over the bars of the machine I unscrewed the little levers that would set it in motion, and put these in my pocket. Then I turned again to see what I could do in the way of communication.

"And then, looking more nearly into their features, I saw some further peculiarities in their Dresden–china type of prettiness. Their hair, which was uniformly curly, came to a sharp end at the neck and cheek; there was not the faintest suggestion of it on the face, and their ears were singularly minute. The mouths were small, with bright red, rather thin lips, and the little chins ran to a point. The eyes were large and mild;and—this may seem egotism on my part—I fancied even that there was a certain lack of the interest I might have expected in them.

"As they made no effort to communicate with me, but simply stood round me smiling and speaking in soft cooing notes to each other, I began the conversation. I pointed to the Time Machine and to myself.Then hesitating for a moment how to express time, I pointed to the sun.At once a quaintly pretty little figure in chequered purple and white followed my gesture, and then astonished me by imitating the sound of thunder.

"For a moment I was staggered, though the import of his gesture was plain enough. The question had come into my mind abruptly: were these creatures fools? You may hardly understand how it took me. You see I had always anticipated that the people of the year Eight Hundred and Two Thousand odd would be incredibly in front of us in knowledge, art, everything. Then one of them suddenly asked me a question that showed him to be on the intellectual level of one of our five–year–old children—asked me, in fact, if I had come from the sun in a thunderstorm! It let loose the judgment I had suspended upon their clothes, their frail light limbs, and fragile features. A flow of disappointment rushed across my mind. For a moment I felt that I had built the Time Machine in vain.

"I nodded, pointed to the sun, and gave them such a vivid rendering of a thunderclap as startled them. They all withdrew a pace or so and bowed. Then came one laughing towards me, carrying a chain of beautiful flowers altogether new to me, and put it about my neck. The idea was received with melodious applause; and presently they were all running to and fro for flowers, and laughingly flinging them upon me until I was almost smothered with blossom. You who have never seen the like can scarcely imagine what delicate and wonderful flowers countless years of culture had created. Then someone suggested that their plaything should be exhibited in the nearest building, and so I was led past the sphinx of white marble, which had seemed to watch me all the while with a smile at my astonishment, towards a vast grey edifice of fretted stone. As I went with them the memory of my confident anticipations of a profoundly grave and intellectual posterity came, with irresistible merriment, to my mind.

"The building had a huge entry, and was altogether of colossal dimensions.I was naturally most occupied with the growing crowd of little people, and with the big open portals that yawned before me shadowy and mysterious. My general impression of the world I saw over their heads was a tangled waste of beautiful bushes and flowers, a long neglected and yet weedless garden. I saw a number of tall spikes of strange white flowers, measuring a foot perhaps across the spread of the waxen petals. They grew scattered, as if wild, among the variegated shrubs, but,as I say, I did not examine them closely at this time. The Time Machine was left deserted on the turf among the rhododendrons.

"The arch of the doorway was richly carved, but naturally I did not observe the carving very narrowly, though I fancied I saw suggestions of old Phoenician decorations as I passed through, and it struck me that they were very badly broken and weather–worn. Several more brightly clad people met me in the doorway, and so we entered, I, dressed in dingy nineteenth–century garments, looking grotesque enough, garlanded with flowers, and surrounded by an eddying mass of bright, soft–colored robes and shining white limbs, in a melodious whirl of laughter and laughing speech.

"The big doorway opened into a proportionately great hall hung with brown. The roof was in shadow, and the windows, partially glazed with coloured glass and partially unglazed, admitted a tempered light. The floor was made up of huge blocks of some very hard white metal, not plates nor slabs—blocks, and it was so much worn, as I judged by the going to and fro of past generations, as to be deeply channelled along the more frequented ways. Transverse to the length were innumerable tables made of slabs of polished stone, raised perhaps a foot from the floor, and upon these were heaps of fruits. Some I recognized as a kind of hypertrophied raspberry and orange, but for the most part they were strange.

"Between the tables was scattered a great number of cushions. Upon these my conductors seated themselves, signing for me to do likewise.With a pretty absence of ceremony they began to eat the fruit with their hands, flinging peel and stalks, and so forth, into the round openings in the sides of the tables. I was not loath to follow their example, for I felt thirsty and hungry. As I did so I surveyed the hall at my leisure.

"And perhaps the thing that struck me most was its dilapidated look. The stained-glass windows, which displayed only a geometrical pattern, were broken in many places, and the curtains that hung across the lower end were thick with dust. And it caught my eye that the corner of the marble table near me was fractured. Nevertheless, the general effect was extremely rich and picturesque. There were, perhaps, a couple of hundred people dining in the hall, and most of them, seated as near to me as they could come, were watching me with interest, their little eyes shining over the fruit they were eating. All were clad in the same soft and yet strong, silky material.

"Fruit, by the by, was all their diet. These people of the remote future were strict vegetarians, and while I was with them, in spite of some carnal cravings, I had to be frugivorous also. Indeed, I found afterwards that horses, cattle, sheep, dogs, had followed the Ichthyosaurus into extinction. But the fruits were very delightful; one, in particular, that seemed to be in season all the time I was there—a floury thing in a three-sided husk—was especially good, and I made it my staple. At first I was puzzled by all these strange fruits, and by the strange flowers I saw, but later I began to perceive their import.

"However, I am telling you of my fruit dinner in the distant future now. So soon as my appetite was a little checked, I determined to make a resolute attempt to learn the speech of these new men of mine. Clearly that was the next thing to do. The fruits seemed a convenient thing to begin upon, and holding one of these up I began a series of interrogative sounds and gestures. I had some considerable difficulty in conveying my meaning. At first my efforts met with a stare of surprise or inextinguishable laughter, but presently a fair-haired little creature seemed to grasp my intention and repeated a name. They had to chatter and explain the business at great length to each other, and my first attempts to make the exquisite little sounds of their language caused an immense amount of amusement. However, I felt like a schoolmaster amidst children, and persisted, and presently I had a score of noun substantives at least at my command; and then I got to demonstrative pronouns, and even the verb "to eat." But it was slow work, and the little people soon tired and wanted to get away from my interrogations, so I determined, rather of necessity, to let them give their lessons in little doses when they felt inclined.And very little doses I found they were before long, for I never met people more indolent or more easily fatigued.

"A queer thing I soon discovered about my little hosts, and that was their lack of interest. They would come to me with eager cries of astonishment, like children, but like children they would soon stop examining me and wander away after some other toy. The dinner and my conversational beginnings ended, I noted for the first time that almost all those who had surrounded me at first were gone. It is odd, too, how speedily I came to disregard these little people. I went out through the portal into the sunlit world again as soon as my hunger was satisfied. I was continually meeting more of these men of the future, who would follow me a little distance, chatter and laugh about me, and, having smiled and gesticulated in a friendly way, leave me again to my own devices.

"The calm of evening was upon the world as I emerged from the great hall, and the scene was lit by the warm glow of the setting sun. At first things were very confusing. Everything was so entirely different from the world I had known—even the flowers. The big building I had left was situated on the slope of a broad river valley, but the Thames had shifted perhaps a mile from its present position. I resolved to mount to the summit of a crest, perhaps a mile and a half away, from which I could get a wider view of this our planet in the year Eight Hundred and Two Thousand Seven Hundred and One A.D. For that, I should explain, was the date the little dials of my machine recorded.

"As I walked I was watching for every impression that could possibly help to explain the condition of ruinous splendour in which I found the world—for ruinous it was. A little way up the hill, for instance, was a great heap of granite, bound together by masses of aluminium, a vast labyrinth of precipitous walls and crumpled heaps, amidst which were thick heaps of very beautiful pagoda–like plants—nettles possibly—but wonderfully tinted with brown about the leaves, and incapable of stinging.It was evidently the derelict remains of some vast structure, to what end built I could not determine. It was here that I was destined, at a later date, to have a very strange experience—the first intimation of a still stranger discovery—but of that I will speak in its proper place.

"Looking round with a sudden thought, from a terrace on which I rested for a while, I realized that there were no small houses to be seen. Apparently the single house, and possibly even the household, had vanished. Here and there among the greenery were palace–like buildings, but the house and the cottage, which form such characteristic features of our own

English landscape, had disappeared.

" 'Communism.' " Said I to myself.

"And on the heels of that came another thought. I looked at the half–dozen little figures that were following me. Then, in a flash, I perceived that all had the same form of costume, the same soft hairless visage, and the same girlish rotundity of limb. It may seem strange, perhaps, that I had not noticed this before. But everything was so strange. Now, I saw the fact plainly enough. In costume, and in all the differences of texture and bearing that now mark off the sexes from each other, these people of the future were alike. And the children seemed to my eyes to be but the miniatures of their parents. I judged, then, that the children of that time were extremely precocious, physically at least, and I found afterwards abundant verification of my opinion.

"Seeing the ease and security in which these people were living, I felt that this close resemblance of the sexes was after all what one would expect; for the strength of a man and the softness of a woman, the institution of the family, and the differentiation of occupations are mere militant necessities of an age of physical force; where population is balanced and abundant, much childbearing becomes an evil rather than a blessing to the State; where violence comes but rarely and off–spring are secure, there is less necessity—indeed there is no necessity—for an efficient family, and the specialization of the sexes with reference to their children's needs disappears. We see some beginnings of this even in our own time, and in this future age it was complete. This, I must remind you, was my speculation at the time. Later, I was to appreciate how far it fell short of the reality.

"While I was musing upon these things, my attention was attracted by a pretty little structure, like a well under a cupola. I thought in a transitory way of the oddness of wells still existing, and then resumed the thread of my speculations. There were no large buildings towards the top of the hill, and as my walking powers were evidently miraculous, I was presently left alone for the first time. With a strange sense of freedom and adventure I pushed on up to the crest.

"There I found a seat of some yellow metal that I did not recognize, corroded in places with a kind of pinkish rust and half smothered in soft moss, the arm–rests cast and filed into the resemblance of griffins' heads. I sat down on it, and I surveyed the broad view of our old world under the sunset of that long day. It was as sweet and fair a view as I have ever seen. The sun had already gone below the horizon and the west was flaming gold, touched with some horizontal bars of purple and crimson.Below was the valley of the Thames, in which the river lay like a band of burnished steel. I have already spoken of the great palaces dotted about among the variegated greenery, some in ruins and some still occupied.Here and there rose a white or silvery figure in the waste garden of the earth, here and there came the sharp vertical line of some cupola or obelisk.There were no hedges, no signs of proprietary rights, no evidences of agriculture; the whole earth had become a garden.

"So watching, I began to put my interpretation upon the things I had seen, and as it shaped itself to me that evening, my interpretation was something in this way. (Afterwards I found I had got only a halftruth—or only a glimpse of one facet of the truth).

"It seemed to me that I had happened upon humanity upon the wane.The ruddy sunset set me thinking of the sunset of mankind. For the first time I began to realize an odd consequence of the social effort in which we are at present engaged. And yet, come to think, it is a logical consequence enough. Strength is the outcome of need; security sets a premium on feebleness. The work of ameliorating the conditions of life—the true civilizing process that makes life more and more secure—had gone steadily on to a climax. One triumph of a united humanity over Nature had followed another. Things that are now mere dreams had become projects deliberately put in hand and carried forward. And the harvest was what I saw!

"After all, the sanitation and the agriculture of to-day are still in the rudimentary stage. The science of our time has attacked but a little department of the field of human disease, but even so, it spreads its operations very steadily and persistently. Our agriculture and horticulture destroy a weed just here and there and cultivate perhaps a score or so of wholesome plants, leaving the greater number to fight out a balance as they can. We improve our favourite plants and animals—and how few they are—gradually by selective breeding; now a new and better peach, now a seedless grape, now a sweeter and larger flower, now a more convenient breed of cattle. We improve them gradually, because our ideals are vague and tentative, and our knowledge is very limited; because Nature, too, is shy and slow in our clumsy hands. Some day all this will be better organized, and still better. That is the drift of the current in spite of the eddies. The whole world will be intelligent, educated, and co–operating; things will move faster and faster towards the subjugation of Nature. In the end, wisely and carefully we shall readjust the balance of animal and vegetable life to suit our human needs.

"This adjustment, I say, must have been done, and done well; done indeed for all Time, in the space of Time across which my machine had leaped. The air was free from gnats, the earth from weeds or fungi; everywhere were fruits and sweet and delightful flowers; brilliant butterflies flew hither and thither. The ideal of preventive medicine was attained. Diseases had been stamped out. I saw no evidence of any contagious diseases during all my stay. And I shall have to tell you later that even the processes of putrefaction and decay had been profoundly affected by these changes.

"Social triumphs, too, had been effected. I saw mankind housed in splendid shelters, gloriously clothed, and as yet I had found them engaged in no toil. There were no signs of struggle, neither social nor economical struggle. The shop, the advertisement, traffic, all that commerce which constitutes the body of our world, was gone. It was natural on that golden evening that I should jump at the idea of a social paradise.The difficulty of increasing population had been met, I guessed, and population had ceased to increase.

"But with this change in condition comes inevitably adaptations to the change. What, unless biological science is a mass of errors, is the cause of human intelligence and vigour? Hardship and freedom: conditions under which the active, strong, and subtle survive and the weaker go to the wall; conditions that put a premium upon the loyal alliance of capable men, upon self–restraint, patience, and decision. And the institution of the family, and the emotions that arise therein, the fierce jealousy, the tenderness for offspring, parental self–devotion, all found their justification and support in the imminent dangers of the young. Now, where are these imminent dangers? There is a sentiment arising, and it will grow, against connubial jealousy, against fierce maternity, against passion of all sorts; unnecessary things now, and things that make us uncomfortable, savage survivals, discords in a refined and pleasant life.

"I thought of the physical slightness of the people, their lack of intelligence, and those big abundant ruins, and it strengthened my belief in a perfect conquest of Nature. For after the battle comes Quiet. Humanity had been strong, energetic, and intelligent, and had used all its abundant vitality to alter the conditions under which it lived. And now came the reaction of the altered conditions.

"Under the new conditions of perfect comfort and security, that restless energy, that with us is strength, would become weakness. Even in our own time certain tendencies and desires, once necessary to survival, are a constant source of failure. Physical courage and the love of battle, for instance, are no great help—may even be hindrances—to a civilized man. And in a state of physical balance and security, power, intellectual as well as physical, would be out of place. For countless years I judged there had been no danger of war or solitary violence, no danger from wild beasts, no wasting disease to require strength of constitution, no need of toil. For such a life, what we should call the weak are as well equipped as the strong, are indeed no longer weak. Better equipped indeed they are, for the strong would be fretted by an energy for which there was no outlet. No doubt the exquisite beauty of the buildings I saw was the outcome of the last surgings of the now purposeless energy of mankind before it settled down into perfect harmony with the conditions under which it lived—the flourish of that triumph which began the last great peace. This has ever been the fate of energy in security; it takes to art and to eroticism, and then come languor and decay.

"Even this artistic impetus would at last die away—had almost died in the Time I saw. To adorn themselves with flowers, to dance, to sing in the sunlight: so much was left of the artistic spirit, and no more. Even that would fade in the end into a contented inactivity. We are kept keen on the grindstone of pain and necessity, and, it seemed to me, that here was that hateful grindstone broken at last!

"As I stood there in the gathering dark I thought that in this simple explanation I had mastered the problem of the world—mastered the whole secret of these delicious people. Possibly the checks they had devised for the increase of population had succeeded too well, and their numbers had rather diminished than kept stationary. That would account for the abandoned ruins. Very simple was my explanation, and plausible enough—as most wrong theories are!"

Chapter 5

"As I stood there musing over this too perfect triumph of man, the full moon, yellow and gibbous, came up out of an overflow of silver light in the north–east. The bright little figures ceased to move about below, a noiseless owl flitted by, and I shivered with the chill of the night. I determined to descend and find where I could sleep.

"I looked for the building I knew. Then my eye travelled along to the figure of the White Sphinx upon the pedestal of bronze, growing distinct as the light of the rising moon grew brighter. I could see the silver birch against it. There was the tangle of rhododendron bushes, black in the pale light, and there was the little lawn. I looked at the lawn again. A queer doubt chilled my complacency. 'No,' said I stoutly to myself, 'that was not the lawn.'

"But it was the lawn. For the white leprous face of the sphinx was towards it. Can you imagine what I felt as this conviction came home to me? But you cannot. The Time Machine was gone!

"At once, like a lash across the face, came the possibility of losing my own age, of being left helpless in this strange new world. The bare thought of it was an actual physical sensation. I could feel it grip me at the throat and stop my breathing. In another moment I was in a passion of fear and running with great leaping strides down the slope. Once I fell headlong and cut my face; I lost no time in stanching the blood, but jumped up and ran on, with a warm trickle down my cheek and chin. All the time I ran I was saying to myself: 'They have moved it a little, pushed it under the bushes out of the way.' Nevertheless, I ran with all my might. All the time, with the certainty that sometimes comes with excessive dread, I knew that such assurance was folly, knew instinctively that the machine was removed out of my reach. My breath came with pain. I suppose I covered the whole distance from the hill crest to the little lawn, two miles perhaps, in ten minutes. And I am not a young man. I cursed aloud, as I ran, at my confident folly in leaving the machine, wasting good breath thereby. I cried aloud, and none answered. Not a creature seemed to be stirring in that moonlit world.

"When I reached the lawn my worst fears were realized. Not a trace of the thing was to be seen. I felt faint and cold when I faced the empty space among the black tangle of bushes. I ran round it furiously, as if the thing might be hidden in a corner, and then stopped abruptly, with my hands clutching my hair. Above me towered the sphinx, upon the bronze pedestal, white, shining, leprous, in the light of the rising moon. It seemed to smile in mockery of my dismay.

"I might have consoled myself by imagining the little people had put the mechanism in some shelter for me, had I not felt assured of their physical and intellectual inadequacy. That is what dismayed me: the sense of some hitherto unsuspected power, through whose intervention my invention had vanished. Yet, for one thing I felt assured: unless some other age had produced its exact duplicate, the machine could not have moved in time. The attachment of the levers—I will show you the method later—prevented any one from tampering with it in that way when they were removed. It had moved, and was hid, only in space. But then, where could it be?

"I think I must have had a kind of frenzy. I remember running violently in and out among the moonlit bushes all round the sphinx, and startling some white animal that, in the dim light, I took for a small deer.I remember, too, late that night, beating the bushes with my clenched fist until my knuckles were gashed and bleeding from the broken twigs.Then, sobbing and raving in my anguish of mind, I went down to the great building of stone. The big hall was dark, silent, and deserted. I slipped on the uneven floor, and fell over one of the malachite tables, almost breaking my shin. I lit a match and went on past the dusty curtains, of which I have told you.

"There I found a second great hall covered with cushions, upon which, perhaps, a score or so of the little people were sleeping. I have no doubt they found my second appearance strange enough, coming suddenly out of the quiet darkness with inarticulate noises and the splutter and flare of a match. For they had forgotten about matches. 'Where is my Time Machine?' I began, bawling like an angry child, laying hands upon them and shaking them up together. It must have been very queer to them.Some laughed, most of them looked sorely frightened. When I saw them standing round me, it came into my head that I was doing as foolish a thing as it was possible for me to do under the circumstances, in trying to revive the sensation of fear. For, reasoning from their daylight behaviour, I thought that fear must be forgotten.

"Abruptly, I dashed down the match, and, knocking one of the people over in my course, went blundering across the big dining–hall again, out under the moonlight. I heard cries of terror and their little feet running and stumbling this way and that. I do not remember all I did as the moon crept up the sky. I suppose it was the unexpected nature of my loss that maddened me. I felt hopelessly cut off from my own kind—a strange animal in an unknown world. I must have raved to and fro, screaming and crying upon God and Fate. I have a memory of horrible fatigue, as the long night of despair wore away; of looking in this impossible place and that; of groping among moon–lit ruins and touching strange creatures in the black shadows; at last, of lying on the ground near the sphinx and weeping with absolute wretchedness. I had nothing left but misery. Then I slept, and when

I woke again it was full day, and a couple of sparrows were hopping round me on the turf within reach of my arm.

“I sat up in the freshness of the morning, trying to remember how I had got there, and why I had such a profound sense of desertion and despair. Then things came clear in my mind. With the plain, reasonable daylight, I could look my circumstances fairly in the face. I saw the wild folly of my frenzy overnight, and I could reason with myself. ‘Suppose the worst?’ I said. ‘Suppose the machine altogether lost—perhaps destroyed? It behoves me to be calm and patient, to learn the way of the people, to get a clear idea of the method of my loss, and the means of getting materials and tools; so that in the end, perhaps, I may make another.’ That would be my only hope, perhaps, but better than despair.And, after all, it was a beautiful and curious world.

“But probably, the machine had only been taken away. Still, I must be calm and patient, find its hiding–place, and recover it by force or cunning. And with that I scrambled to my feet and looked about me, wondering where I could bathe. I felt weary, stiff, and travel–soiled. The freshness of the morning made me desire an equal freshness. I had exhausted my emotion. Indeed, as I went about my business, I found myself wondering at my intense excitement overnight. I made a careful examination of the ground about the little lawn. I wasted some time in futile questionings, conveyed, as well as I was able, to such of the little people as came by. They all failed to understand my gestures; some were simply stolid, some thought it was a jest and laughed at me. I had the hardest task in the world to keep my hands off their pretty laughing faces. It was a foolish impulse, but the devil begotten of fear and blind anger was ill curbed and still eager to take advantage of my perplexity. The turf gave better counsel. I found a groove ripped in it, about midway between the pedestal of the sphinx and the marks of my feet where, on arrival, I had struggled with the overturned machine. There were other signs of removal about, with queer narrow footprints like those I could imagine made by a sloth. This directed my closer attention to the pedestal. It was, as I think I have said, of bronze. It was not a mere block, but highly decorated with deep framed panels on either side. I went and rapped at these. The pedestal was hollow. Examining the panels with care I found them discontinuous with the frames. There were no handles or keyholes, but possibly the panels, if they were doors, as I supposed, opened from within. One thing was clear enough to my mind. It took no very great mental effort to infer that my Time Machine was inside that pedestal. But how it got there was a different problem.

"I saw the heads of two orange–clad people coming through the bushes and under some blossom–covered apple–trees towards me. I turned smiling to them and beckoned them to me. They came, and then, pointing to the bronze pedestal, I tried to intimate my wish to open it. But at my first gesture towards this they behaved very oddly. I don't know how to convey their expression to you. Suppose you were to use a grossly improper gesture to a delicate–minded woman—it is how she would look. They went off as if they had received the last possible insult. I tried a sweet–looking little chap in white next, with exactly the same result. Somehow, his manner made me feel ashamed of myself. But, as you know, I wanted the Time Machine, and I tried him once more. As he turned off, like the others, my temper got the better of me. In three strides I was after him, had him by the loose part of his robe round the neck, and began dragging him towards the sphinx. Then I saw the horror and repugnance of his face, and all of a sudden I let him go.

"But I was not beaten yet. I banged with my fist at the bronze panels. I thought I heard something stir inside—to be explicit, I thought I heard a sound like a chuckle—but I must have been mistaken. Then I got a big pebble from the river, and came and hammered till I had flattened a coil in the decorations, and the verdigris came off in powdery flakes. The delicate little people must have heard me hammering in gusty outbreaks a mile away on either hand, but nothing came of it. I saw a crowd of them upon the slopes, looking furtively at me. At last, hot and tired, I sat down to watch the place. But I was too restless to watch long; I am too Occidental for a long vigil. I could work at a problem for years, but to wait inactive for twenty–four hours—that is another matter.

"I got up after a time, and began walking aimlessly through the bushes towards the hill again. 'Patience,' said I to myself, 'if you want your machine again you must leave that sphinx alone. If they mean to take your machine away, it's little good your wrecking their bronze panels, and if they don't, you will get it back as soon as you can ask for it. To sit among all those unknown things before a puzzle like that is hopeless. That way lies monomania. Face this world. Learn its ways, watch it, be careful of too hasty guesses at its meaning. In the end you will find clues to it all.' Then suddenly the humour of the situation came into my mind: the thought of the years I had spent in study and toil to get into the future age, and now my passion of anxiety to get out of it. I had made myself the most complicated and the most hopeless trap that ever a man devised. Although it was at my own expense, I could not help myself. I laughed aloud.

"Going through the big palace, it seemed to me that the little people avoided me. It may have been my fancy, or it may have had something to do with my hammering at the gates of bronze. Yet I felt tolerably sure of the avoidance. I was careful, however, to show no concern and to abstain from any pursuit of them, and in the course of a day or two things got back to the old footing. I made what progress I could in the language, and in addition I pushed my explorations here and there. Either I missed some subtle point or their language was excessively simple—almost exclusively composed of concrete substantives and verbs. There seemed to be few, if any, abstract terms, or little use of figurative language. Their sentences were usually simple and of two words, and I failed to convey or understand any but the simplest propositions. I determined to put the thought of my Time Machine and the mystery of the bronze doors under the sphinx as much as possible in a corner of memory, until my growing knowledge would lead me back to them in a natural way. Yet a certain feeling, you may understand, tethered me in a circle of a few miles round the point of my arrival.

"So far as I could see, all the world displayed the same exuberant richness as the Thames valley. From every hill I climbed I saw the same abundance of splendid buildings, endlessly varied in material and style, the same clustering thickets of evergreens, the same blossom–laden trees and tree–ferns. Here and there water shone like silver, and beyond, the land rose into blue undulating hills, and so faded into the serenity of the sky. A peculiar feature, which presently attracted my attention, was the presence of certain circular wells, several, as it seemed to me, of a very great depth. One lay by the path up the hill, which I had followed during my first walk. Like the others, it was rimmed with bronze, curiously wrought, and protected by a little cupola from the rain. Sitting by the side of these wells, and peering down into the shafted darkness, I could see no gleam of water, nor could I start any reflection with a lighted match. But in all of them I heard a certain sound: a thud—thud—thud, like the beating of some big engine; and I discovered, from the flaring of my matches, that a steady current of air set down the shafts. Further, I threw a scrap of paper into the throat of one, and, instead of fluttering slowly down, it was at once sucked swiftly out of sight.

"After a time, too, I came to connect these wells with tall towers standing here and there upon the slopes; for above them there was often just such a flicker in the air as one sees on a hot day above a sun–scorched beach. Putting things together, I reached a strong suggestion of an extensive system of subterranean ventilation, whose true import it was difficult to imagine. I was at first inclined to associate it with the sanitary apparatus of these people. It was an obvious conclusion, but it was absolutely wrong.

"And here I must admit that I learned very little of drains and bells and modes of conveyance, and the like conveniences, during my time in this real future. In some of these visions of Utopias and coming times which I have read, there is a vast amount of detail about building, and social arrangements, and so forth. But while such details are easy enough to obtain when the whole world is contained in one's imagination, they are altogether inaccessible to a real traveller amid such realities as I found here. Conceive the tale of London which a negro, fresh from Central Africa, would take back to his tribe! What would he know of railway companies, of social movements, of telephone and telegraph wires, of the Parcels Delivery Company, and postal orders and the like? Yet we, at least, should be willing enough to explain these things to him! And even of what he knew, how much could he make his untravelled friend either apprehend or believe? Then, think how narrow the gap between a negro and a white man of our own times, and how wide the interval between myself and these of the Golden Age! I was sensible of much which was unseen, and which contributed to my comfort; but save for a general impression of automatic organization, I fear I can convey very little of the difference to your mind.

"In the matter of sepulture, for instance, I could see no signs of crematoria nor anything suggestive of tombs. But it occurred to me that, possibly, there might be cemeteries (or crematoria) somewhere beyond the range of my explorings. This, again, was a question I deliberately put to myself, and my curiosity was at first entirely defeated upon the point.The thing puzzled me, and I was led to make a further remark, which puzzled me still more: that aged and infirm among this people there were none.

"I must confess that my satisfaction with my first theories of an automatic civilization and a decadent humanity did not long endure. Yet I could think of no other. Let me put my difficulties. The several big palaces I had explored were mere living places, great dining–halls and sleeping apartments. I could find no machinery, no appliances of any kind. Yet these people were clothed in pleasant fabrics that must at times need renewal, and their sandals, though undecorated, were fairly complex specimens of metalwork. Somehow such things must be made. And the little people displayed no vestige of a creative tendency. There were no shops, no workshops, no sign of importations among them. They spent all their time in playing gently, in bathing in the river, in making love in a half–

playful fashion, in eating fruit and sleeping. I could not see how things were kept going.

"Then, again, about the Time Machine: something, I knew not what, had taken it into the hollow pedestal of the White Sphinx. Why? For the life of me I could not imagine. Those waterless wells, too, those flickering pillars. I felt I lacked a clue. I felt—how shall I put it? Suppose you found an inscription, with sentences here and there in excellent plain English, and interpolated therewith, others made up of words, of letters even, absolutely unknown to you? Well, on the third day of my visit, that was how the world of Eight Hundred and Two Thousand Seven Hundred and One presented itself to me!

"That day, too, I made a friend—of a sort. It happened that, as I was watching some of the little people bathing in a shallow, one of them was seized with cramp and began drifting downstream. The main current ran rather swiftly, but not too strongly for even a moderate swimmer. It will give you an idea, therefore, of the strange deficiency in these creatures, when I tell you that none made the slightest attempt to rescue the weakly crying little thing which was drowning before their eyes. When I realized this, I hurriedly slipped off my clothes, and, wading in at a point lower down, I caught the poor mite and drew her safe to land. A little rubbing of the limbs soon brought her round, and I had the satisfaction of seeing she was all right before I left her. I had got to such a low estimate of her kind that I did not expect any gratitude from her. In that, however, I was wrong.

"This happened in the morning. In the afternoon I met my little woman, as I believe it was, as I was returning towards my centre from an exploration, and she received me with cries of delight and presented me with a big garland of flowers—evidently made for me and me alone. The thing took my imagination. Very possibly I had been feeling desolate. At any rate I did my best to display my appreciation of the gift. We were soon seated together in a little stone arbour, engaged in conversation, chiefly of smiles. The creature's friendliness affected me exactly as a child's might have done. We passed each other flowers, and she kissed my hands. I did the same to hers. Then I tried talk, and found that her name was Weena, which, though I don't know what it meant, somehow seemed appropriate enough. That was the beginning of a queer friendship which lasted a week, and ended—as I will tell you!

"She was exactly like a child. She wanted to be with me always. She tried to follow me everywhere, and on my next journey out and about it went to my heart to tire her down, and leave her at last, exhausted and calling after me rather plaintively. But the problems of the world had to be mastered. I had not, I said to myself, come into the future to carry on a miniature flirtation. Yet her distress when I left her was very great, her expostulations at the parting were sometimes frantic, and I think, altogether, I had as much trouble as comfort from her devotion. Nevertheless she was, somehow, a very great comfort. I thought it was mere childish affection that made her cling to me. Until it was too late, I did not clearly know what I had inflicted upon her when I left her. Nor until it was too late did I clearly understand what she was to me. For, by merely seeming fond of me, and showing in her weak, futile way that she cared for me, the little doll of a creature presently gave my return to the neighbourhood of the White Sphinx almost the feeling of coming home; and I would watch for her tiny figure of white and gold so soon as I came over the hill.

"It was from her, too, that I learned that fear had not yet left the world. She was fearless enough in the daylight, and she had the oddest confidence in me; for once, in a foolish moment, I made threatening grimaces at her, and she simply laughed at them. But she dreaded the dark, dreaded shadows, dreaded black things. Darkness to her was the one thing dreadful. It was a singularly passionate emotion, and it set me thinking and observing. I discovered then, among other things, that these little people gathered into the great houses after dark, and slept in droves. To enter upon them without a light was to put them into a tumult of apprehension.I never found one out of doors, or one sleeping alone within doors, after dark. Yet I was still such a blockhead that I missed the lesson of that fear, and in spite of Weena's distress I insisted upon sleeping away from these slumbering multitudes.

"It troubled her greatly, but in the end her odd affection for me triumphed, and for five of the nights of our acquaintance, including the last night of all, she slept with her head pillowed on my arm. But my story slips away from me as I speak of her. It must have been the night before her rescue that I was awakened about dawn. I had been restless, dreaming most disagreeably that I was drowned, and that sea anemones were feeling over my face with their soft palps. I woke with a start, and with an odd fancy that some greyish animal had just rushed out of the chamber. I tried to get to sleep again, but I felt restless and uncomfortable. It was that dim grey hour when things are just creeping out of darkness, when everything is colourless and clear cut, and yet unreal. I got up, and went down into the great hall, and so out upon the flagstones in front of the palace. I thought I would make a virtue of necessity, and see the sunrise.

"The moon was setting, and the dying moonlight and the first pallor of dawn were mingled in a ghastly half–light. The bushes were inky black, the ground a sombre grey, the sky colourless and cheerless. And up the hill I thought I could see ghosts. There several times, as I scanned the slope, I saw white figures. Twice I fancied I saw a solitary white, ape–like creature running rather quickly up the hill, and once near the ruins I saw a leash of them carrying some dark body. They moved hastily. I did not see what became of them. It seemed that they vanished among the bushes. The dawn was still indistinct, you must understand. I was feeling that chill, uncertain, early–morning feeling you may have known. I doubted my eyes.

"As the eastern sky grew brighter, and the light of the day came on and its vivid colouring returned upon the world once more, I scanned the view keenly. But I saw no vestige of my white figures. They were mere creatures of the half light. 'They must have been ghosts,' I said, 'I wonder whence they dated.' For a queer notion of Grant Allen's came into my head, and amused me. If each generation die and leave ghosts, he argued, the world at last will get overcrowded with them. On that theory they would have grown innumerable some Eight Hundred Thousand Years hence, and it was no great wonder to see four at once. But the jest was unsatisfying, and I was thinking of these figures all the morning,until Weena's rescue drove them out of my head. I associated them in some indefinite way with the white animal I had startled in my first passionate search for the Time Machine. But Weena was a pleasant substitute. Yet all the same, they were soon destined to take far deadlier possession of my mind.

"I think I have said how much hotter than our own was the weather of this Golden Age. I cannot account for it. It may be that the sun was hotter, or the earth nearer the sun. It is usual to assume that the sun will go on cooling steadily in the future. But people, unfamiliar with such speculations as those of the younger Darwin, forget that the planets must ultimately fall back one by one into the parent body. As these catastrophes occur, the sun will blaze with renewed energy; and it may be that some inner planet had suffered this fate. Whatever the reason, the fact remains that the sun was very much hotter than we know it.

"Well, one very hot morning—my fourth, I think—as I was seeking shelter from the heat and glare in a colossal ruin near the great house where I slept and fed, there happened this strange thing: Clambering among these heaps of masonry, I found a narrow gallery, whose end and side windows were blocked by fallen masses of stone. By contrast with the brilliancy outside, it seemed at first impenetrably dark to me. I entered it groping, for the change from light to blackness made spots of colour swim before me. Suddenly I halted spellbound. A pair of eyes, luminous by reflection against the daylight without, was watching me out of the darkness.

"The old instinctive dread of wild beasts came upon me. I clenched my hands and steadfastly looked into the glaring eyeballs. I was afraid to turn. Then the thought of the absolute security in which humanity appeared to be living came to my mind. And then I remembered that strange terror of the dark. Overcoming my fear to some extent, I advanced a step and spoke. I will admit that my voice was harsh and ill–controlled. I put out my hand and touched something soft. At once the eyes darted sideways, and something white ran past me. I turned with my heart in my mouth, and saw a queer little ape–like figure, its head held down in a peculiar manner, running across the sunlit space behind me. It blundered against a block of granite, staggered aside, and in a moment was hidden in a black shadow beneath another pile of ruined masonry.

"My impression of it is, of course, imperfect; but I know it was a dull white, and had strange large greyish–red eyes; also that there was flaxen hair on its head and down its back. But, as I say, it went too fast for me to see distinctly. I cannot even say whether it ran on all–fours, or only with its forearms held very low. After an instant's pause I followed it into the second heap of ruins. I could not find it at first; but, after a time in the profound obscurity, I came upon one of those round well–like openings of which I have told you, half closed by a fallen pillar. A sudden thought came to me. Could this Thing have vanished down the shaft? I lit a match, and, looking down, I saw a small, white, moving creature, with large bright eyes which regarded me steadfastly as it retreated. It made me shudder. It was so like a human spider! It was clambering down the wall, and now I saw for the first time a number of metal foot and hand rests forming a kind of ladder down the shaft. Then the light burned my fingers and fell out of my hand, going out as it dropped, and when I had lit another the little monster had disappeared.

"I do not know how long I sat peering down that well. It was not for some time that I could succeed in persuading myself that the thing I had seen was human. But, gradually, the truth dawned on me: that Man had not remained one species, but had differentiated into two distinct animals: that my graceful children of the Upper–world were not the sole descendants of our generation, but that this bleached, obscene, nocturnal Thing, which had flashed before me, was also heir to all the ages.

“I thought of the flickering pillars and of my theory of an underground ventilation. I began to suspect their true import. And what, I wondered, was this Lemur doing in my scheme of a perfectly balanced organization?How was it related to the indolent serenity of the beautiful Upper–worlders? And what was hidden down there, at the foot of that shaft? I sat upon the edge of the well telling myself that, at any rate, there was nothing to fear, and that there I must descend for the solution of my difficulties. And withal I was absolutely afraid to go! As I hesitated, two of the beautiful Upper–world people came running in their amorous sport across the daylight in the shadow. The male pursued the female, flinging flowers at her as he ran.

“They seemed distressed to find me, my arm against the overturned pillar, peering down the well. Apparently it was considered bad form to remark these apertures; for when I pointed to this one, and tried to frame a question about it in their tongue, they were still more visibly distressed and turned away. But they were interested by my matches, and I struck some to amuse them. I tried them again about the well, and again I failed. So presently I left them, meaning to go back to Weena, and see what I could get from her. But my mind was already in revolution; my guesses and impressions were slipping and sliding to a new adjustment.I had now a clue to the import of these wells, to the ventilating towers, to the mystery of the ghosts; to say nothing of a hint at the meaning of the bronze gates and the fate of the Time Machine! And very vaguely there came a suggestion towards the solution of the economic problem that had puzzled me.

"Here was the new view. Plainly, this second species of Man was subterranean. There were three circumstances in particular which made me think that its rare emergence above ground was the outcome of a long–continued underground habit. In the first place, there was the bleached look common in most animals that live largely in the dark—the white fish of the Kentucky caves, for instance. Then, those large eyes, with that capacity for reflecting light, are common features of nocturnal things—witness the owl and the cat. And last of all, that evident confusion in the sunshine, that hasty yet fumbling awkward flight towards dark shadow, and that peculiar carriage of the head while in the light—all reinforced the theory of an extreme sensitiveness of the retina.

"Beneath my feet, then, the earth must be tunnelled enormously, and these tunnellings were the habitat of the new race. The presence of ventilating shafts and wells along the hill slopes—everywhere, in fact, except along the river valley—showed how universal were its ramifications. What so natural, then, as to assume that it was in this artificial Underworld that such work as was necessary to the comfort of the daylight race was done? The notion was so plausible that I at once accepted it, and went on to assume the how of this splitting of the human species. I dare say you will anticipate the shape of my theory; though, for myself, I very soon felt that it fell far short of the truth.

"At first, proceeding from the problems of our own age, it seemed clear as daylight to me that the gradual widening of the present merely temporary and social difference between the Capitalist and the Labourer, was the key to the whole position. No doubt it will seem grotesque enough to you—and wildly incredible—and yet even now there are existing circumstances to point that way. There is a tendency to utilize underground space for the less ornamental purposes of civilization; there is the Metropolitan Railway in London, for instance, there are new electric railways, there are subways, there are underground workrooms and restaurants, and they increase and multiply. Evidently, I thought, this tendency had increased till Industry had gradually lost its birthright in the sky. I mean that it had gone deeper and deeper into larger and ever larger underground factories, spending a still–increasing amount of its time therein, till, in the end! Even now, does not an East–end worker live in such artificial conditions as practically to be cut off from the natural surface of the earth?

"Again, the exclusive tendency of richer people—due, no doubt, to the increasing refinement of their education, and the widening gulf between them and the rude violence of the poor—is already leading to the closing, in their interest, of considerable portions of the surface of the land.About London, for instance, perhaps half the prettier country is shut in against intrusion. And this same widening gulf—which is due to the length and expense of the higher educational process and the increased facilities for and temptations towards refined habits on the part of the rich—will make that exchange between class and class, that promotion by intermarriage which at present retards the splitting of our species along lines of social stratification, less and less frequent. So, in the end, above ground you must have the Haves, pursuing pleasure and comfort and beauty, and below ground the Have–nots, the Workers getting continually adapted to the conditions of their labour. Once they were there, they would no doubt have to pay rent, and not a little of it, for the ventilation of their caverns; and if they refused, they would starve or be suffocated for arrears. Such of them as were so constituted as to be miserable and rebellious would die; and, in the end, the balance being permanent, the survivors would become as well adapted to the conditions of underground life, and as happy in their way, as the Upper–world people were to theirs. As it seemed to me, the refined beauty and the etiolated pallor followed naturally enough.

"The great triumph of Humanity I had dreamed of took a different shape in my mind. It had been no such triumph of moral education and general co–operation as I had imagined. Instead, I saw a real aristocracy, armed with a perfected science and working to a logical conclusion the industrial system of to–day. Its triumph had not been simply a triumph over Nature, but a triumph over Nature and the fellow–man. This, I must warn you, was my theory at the time. I had no convenient cicerone in the pattern of the Utopian books. My explanation may be absolutely wrong.I still think it is the most plausible one. But even on this supposition the balanced civilization that was at last attained must have long since passed its zenith, and was now far fallen into decay. The too–perfect security of the Upper–worlders had led them to a slow movement of degeneration, to a general dwindling in size, strength, and intelligence.That I could see clearly enough already. What had happened to the Under–grounders I did not yet suspect; but from what I had seen of the Morlocks—that, by the by, was the name by which these creatures were called—I could imagine that the modification of the human type was even far more profound than among the Eloi, the beautiful race that I already knew.

"Then came troublesome doubts. Why had the Morlocks taken my Time Machine? For I felt sure it was they who had taken it. Why, too, if the Eloi were masters, could they not restore the machine to me? And why were they so terribly afraid of the dark? I proceeded, as I have said, to question Weena about this Under–world, but here again I was disappointed. At first she would not understand my questions, and presently she refused to answer them. She shivered as though the topic was unendurable. And when I pressed her, perhaps a little harshly, she burst into tears. They were the only tears, except my own, I ever saw in that Golden Age. When I saw them I ceased abruptly to trouble about the Morlocks, and was only concerned in banishing these signs of the human inheritance from Weena's eyes. And very soon she was smiling and clapping her hands, while I solemnly burned a match."

Chapter 6

"It may seem odd to you, but it was two days before I could follow up the new–found clue in what was manifestly the proper way. I felt a peculiar shrinking from those pallid bodies. They were just the half–bleached col–our of the worms and things one sees preserved in spirit in a zoological museum. And they were filthily cold to the touch. Probably my shrinking was largely due to the sympathetic influence of the Eloi, whose disgust of the Morlocks I now began to appreciate.

"The next night I did not sleep well. Probably my health was a little disordered. I was oppressed with perplexity and doubt. Once or twice I had a feeling of intense fear for which I could perceive no definite reason. I remember creeping noiselessly into the great hall where the little people were sleeping in the moonlight—that night Weena was among them—and feeling reassured by their presence. It occurred to me even then, that in the course of a few days the moon must pass through its last quarter, and the nights grow dark, when the appearances of these unpleasant creatures from below, these whitened Lemurs, this new vermin that had replaced the old, might be more abundant. And on both these days I had the restless feeling of one who shirks an inevitable duty. I felt assured that the Time Machine was only to be recovered by boldly penetrating these underground mysteries. Yet I could not face the mystery. If only I had had a companion it would have been different. But I was so horribly alone, and even to clamber down into the darkness of the well appalled me. I don't know if you will understand my feeling, but I never felt quite safe at my back.

"It was this restlessness, this insecurity, perhaps, that drove me further and further afield in my exploring expeditions. Going to the south–westward towards the rising country that is now called Combe Wood, I observed far off, in the direction of nineteenth–century Banstead, a vast green structure, different in character from any I had hitherto seen. It was larger than the largest of the palaces or ruins I knew, and the facade had an Oriental look: the face of it having the lustre, as well as the pale green tint, a kind of bluish–green, of a certain type of Chinese porcelain. This difference in aspect suggested a difference in use, and I was minded to push on and explore. But the day was growing late, and I had come upon the sight of the place after a long and tiring circuit; so I resolved to hold over the adventure for the following day, and I returned to the welcome and the caresses of little Weena. But next morning I perceived clearly enough that my curiosity regarding the Palace of Green Porcelain was a piece of self–deception, to enable me to shirk, by another day, an experience I dreaded. I resolved I would make the descent without further waste of time, and started out in the early morning towards a well near the ruins of granite and aluminium.

"Little Weena ran with me. She danced beside me to the well, but when she saw me lean over the mouth and look downward, she seemed strangely disconcerted. 'Good–bye, little Weena,' I said, kissing her; and then putting her down, I began to feel over the parapet for the climbing hooks. Rather hastily, I may as well confess, for I feared my courage might leak away! At first she watched me in amazement. Then she gave a most piteous cry, and running to me, she began to pull at me with her little hands. I think her opposition nerved me rather to proceed. I shook her off, perhaps a little roughly, and in another moment I was in the throat of the well. I saw her agonized face over the parapet, and smiled to reassure her. Then I had to look down at the unstable hooks to which I clung.

"I had to clamber down a shaft of perhaps two hundred yards. The descent was effected by means of metallic bars projecting from the sides of the well, and these being adapted to the needs of a creature much smaller and lighter than myself, I was speedily cramped and fatigued by the descent. And not simply fatigued! One of the bars bent suddenly under my weight, and almost swung me off into the blackness beneath. For a moment I hung by one hand, and after that experience I did not dare to rest again. Though my arms and back were presently acutely painful, I went on clambering down the sheer descent with as quick a motion as possible. Glancing upward, I saw the aperture, a small blue disk, in which a star was visible, while little Weena's head showed as a round black projection. The thudding sound of a machine below grew louder and more oppressive. Everything save that little disk above was profoundly dark, and when I looked up again Weena had disappeared.

"I was in an agony of discomfort. I had some thought of trying to go up the shaft again, and leave the Under-world alone. But even while I turned this over in my mind I continued to descend. At last, with intense relief, I saw dimly coming up, a foot to the right of me, a slender loophole in the wall. Swinging myself in, I found it was the aperture of a narrow horizontal tunnel in which I could lie down and rest. It was not too soon. My arms ached, my back was cramped, and I was trembling with the prolonged terror of a fall. Besides this, the unbroken darkness had had a distressing effect upon my eyes. The air was full of the throb and hum of machinery pumping air down the shaft.

"I do not know how long I lay. I was roused by a soft hand touching my face. Starting up in the darkness I snatched at my matches and, hastily striking one, I saw three stooping white creatures similar to the one I had seen above ground in the ruin, hastily retreating before the light.Living, as they did, in what appeared to me impenetrable darkness, their eyes were abnormally large and sensitive, just as are the pupils of the abysmal fishes, and they reflected the light in the same way. I have no doubt they could see me in that rayless obscurity, and they did not seem to have any fear of me apart from the light. But, so soon as I struck a match in order to see them, they fled incontinently, vanishing into dark gutters and tunnels, from which their eyes glared at me in the strangest fashion.

"I tried to call to them, but the language they had was apparently different from that of the Over–world people; so that I was needs left to my own unaided efforts, and the thought of flight before exploration was even then in my mind. But I said to myself, 'You are in for it now.' And, feeling my way along the tunnel, I found the noise of machinery grow louder. Presently the walls fell away from me, and I came to a large open space, and striking another match, saw that I had entered a vast arched cavern, which stretched into utter darkness beyond the range of my light. The view I had of it was as much as one could see in the burning of a match.

"Necessarily my memory is vague. Great shapes like big machines rose out of the dimness, and cast grotesque black shadows, in which dim spectral Morlocks sheltered from the glare. The place, by the by, was very stuffy and oppressive, and the faint halitus of freshly shed blood was in the air. Some way down the central vista was a little table of white metal, laid with what seemed a meal. The Morlocks at any rate were carnivorous! Even at the time, I remember wondering what large animal could have survived to furnish the red joint I saw. It was all very indistinct: the heavy smell, the big unmeaning shapes, the obscene figures lurking in the shadows, and only waiting for the darkness to come at me again! Then the match burned down, and stung my fingers, and fell, a wriggling red spot in the blackness.

“I have thought since how particularly ill–equipped I was for such an experience. When I had started with the Time Machine, I had started with the absurd assumption that the men of the Future would certainly be infinitely ahead of ourselves in all their appliances. I had come without arms, without medicine, without anything to smoke—at times I missed tobacco frightfully—even without enough matches. If only I had thought of a Kodak! I could have flashed that glimpse of the Underworld in a second, and examined it at leisure. But, as it was, I stood there with only the weapons and the powers that Nature had endowed me with—hands, feet, and teeth; these, and four safety–matches that still remained to me.

“I was afraid to push my way in among all this machinery in the dark, and it was only with my last glimpse of light I discovered that my store of matches had run low. It had never occurred to me until that moment that there was any need to economize them, and I had wasted almost half the box in astonishing the Upper–worlders, to whom fire was a novelty.Now, as I say, I had four left, and while I stood in the dark, a hand touched mine, lank fingers came feeling over my face, and I was sensible of a peculiar unpleasant odour. I fancied I heard the breathing of a crowd of those dreadful little beings about me. I felt the box of matches in my hand being gently disengaged, and other hands behind me plucking at my clothing. The sense of these unseen creatures examining me was indescribably unpleasant. The sudden realization of my ignorance of their ways of thinking and doing came home to me very vividly in the darkness. I shouted at them as loudly as I could. They started away, and then I could feel them approaching me again. They clutched at me more boldly, whispering odd sounds to each other. I shivered violently, and shouted again—rather discordantly. This time they were not so seriously alarmed, and they made a queer laughing noise as they came back at me. I will confess I was horribly frightened. I determined to strike another match and escape under the protection of its glare. I did so, and eking out the flicker with a scrap of paper from my pocket, I made good my retreat to the narrow tunnel. But I had scarce entered this when my light was blown out and in the blackness I could hear the Morlocks rustling like wind among leaves, and pattering like the rain, as they hurried after me.

"In a moment I was clutched by several hands, and there was no mistaking that they were trying to haul me back. I struck another light, and waved it in their dazzled faces. You can scarce imagine how nauseatingly inhuman they looked—those pale, chinless faces and great, lidless, pinkish-grey eyes—as they stared in their blindness and bewilderment.But I did not stay to look, I promise you: I retreated again, and when my second match had ended, I struck my third. It had almost burned through when I reached the opening into the shaft. I lay down on the edge, for the throb of the great pump below made me giddy. Then I felt sideways for the projecting hooks, and, as I did so, my feet were grasped from behind, and I was violently tugged backward. I lit my last match... and it incontinently went out. But I had my hand on the climbing bars now, and, kicking violently, I disengaged myself from the clutches of the Morlocks and was speedily clambering up the shaft, while they stayed peering and blinking up at me: all but one little wretch who followed me for some way, and well–nigh secured my boot as a trophy.

"That climb seemed interminable to me. With the last twenty or thirty feet of it a deadly nausea came upon me. I had the greatest difficulty in keeping my hold. The last few yards was a frightful struggle against this faintness. Several times my head swam, and I felt all the sensations of falling. At last, however, I got over the well–mouth somehow, and staggered out of the ruin into the blinding sunlight. I fell upon my face.Even the soil smelt sweet and clean. Then I remember Weena kissing my hands and ears, and the voices of others among the Eloi. Then, for a time, I was insensible."

Chapter 7

"Now, indeed, I seemed in a worse case than before. Hitherto, except during my night's anguish at the loss of the Time Machine, I had felt a sustaining hope of ultimate escape, but that hope was staggered by these new discoveries. Hitherto I had merely thought myself impeded by the childish simplicity of the little people, and by some unknown forces which I had only to understand to overcome; but there was an altogether new element in the sickening quality of the Morlocks—a something inhuman and malign. Instinctively I loathed them. Before, I had felt as a man might feel who had fallen into a pit: my concern was with the pit and how to get out of it. Now I felt like a beast in a trap, whose enemy would come upon him soon.

"The enemy I dreaded may surprise you. It was the darkness of the new moon. Weena had put this into my head by some at first incomprehensible remarks about the Dark Nights. It was not now such a very difficult problem to guess what the coming Dark Nights might mean. The moon was on the wane: each night there was a longer interval of darkness.And I now understood to some slight degree at least the reason of the fear of the little Upper–world people for the dark. I wondered vaguely what foul villainy it might be that the Morlocks did under the new moon. I felt pretty sure now that my second hypothesis was all wrong. The Upper–world people might once have been the favoured aristocracy, and the Morlocks their mechanical servants: but that had long since passed away. The two species that had resulted from the evolution of man were sliding down towards, or had already arrived at, an altogether new relationship. The Eloi, like the Carolingian kings, had decayed to a mere beautiful futility. They still possessed the earth on sufferance: since the Morlocks, subterranean for innumerable generations, had come at last to find the daylit surface intolerable. And the Morlocks made their garments, I inferred, and maintained them in their habitual needs, perhaps through the survival of an old habit of service. They did it as a standing horse paws with his foot, or as a man enjoys killing animals in sport: because ancient and departed necessities had impressed it on the organism. But, clearly, the old order was already in part reversed. The Nemesis of the delicate ones was creeping on apace. Ages ago, thousands of generations ago, man had thrust his brother man out of the ease and the sunshine. And now that brother was coming back changed! Already the Eloi had begun to learn one old lesson anew. They were becoming reacquainted with Fear. And suddenly there came into my head the memory of the meat I had seen in the Under–world. It seemed odd how it floated into my mind: not stirred up as it were by the current of my meditations, but coming in almost like a question from outside. I tried to recall the form of it. I had a vague sense of something familiar, but I could not tell what it was at the time.

"Still, however helpless the little people in the presence of their mysterious Fear, I was differently constituted. I came out of this age of ours, this ripe prime of the human race, when Fear does not paralyse and mystery has lost its terrors. I at least would defend myself. Without further delay I determined to make myself arms and a fastness where I might sleep. With that refuge as a base, I could face this strange world with some of that confidence I had lost in realizing to what creatures night by night I lay exposed. I felt I could never sleep again until my bed was secure from them. I shuddered with horror to think how they must already have examined me.

"I wandered during the afternoon along the valley of the Thames, but found nothing that commended itself to my mind as inaccessible. All the buildings and trees seemed easily practicable to such dexterous climbers as the Morlocks, to judge by their wells, must be. Then the tall pinnacles of the Palace of Green Porcelain and the polished gleam of its walls came back to my memory; and in the evening, taking Weena like a child upon my shoulder, I went up the hills towards the south–west. The distance, I had reckoned, was seven or eight miles, but it must have been nearer eighteen. I had first seen the place on a moist afternoon when distances are deceptively diminished. In addition, the heel of one of my shoes was loose, and a nail was working through the sole—they were comfortable old shoes I wore about indoors—so that I was lame. And it was already long past sunset when I came in sight of the palace, silhouetted black against the pale yellow of the sky.

"Weena had been hugely delighted when I began to carry her, but after a while she desired me to let her down, and ran along by the side of me, occasionally darting off on either hand to pick flowers to stick in my pockets. My pockets had always puzzled Weena, but at the last she had concluded that they were an eccentric kind of vase for floral decoration.At least she utilized them for that purpose. And that reminds me! In changing my jacket I found..."

The Time Traveller paused, put his hand into his pocket, and silently placed two withered flowers, not unlike very large white mallows, upon the little table. Then he resumed his narrative.

"As the hush of evening crept over the world and we proceeded over the hill crest towards Wimbledon, Weena grew tired and wanted to return to the house of grey stone. But I pointed out the distant pinnacles of the Palace of Green Porcelain to her, and contrived to make her understand that we were seeking a refuge there from her Fear. You know that great pause that comes upon things before the dusk? Even the breeze stops in the trees.

To me there is always an air of expectation about that evening stillness. The sky was clear, remote, and empty save for a few horizontal bars far down in the sunset. Well, that night the expectation took the colour of my fears. In that darkling calm my senses seemed preternaturally sharpened. I fancied I could even feel the hollowness of the ground beneath my feet: could, indeed, almost see through it the Morlocks on their ant–hill going hither and thither and waiting for the dark. In my excitement I fancied that they would receive my invasion of their burrows as a declaration of war. And why had they taken my Time Machine?

"So we went on in the quiet, and the twilight deepened into night. The clear blue of the distance faded, and one star after another came out. The ground grew dim and the trees black. Weena's fears and her fatigue grew upon her. I took her in my arms and talked to her and caressed her. Then, as the darkness grew deeper, she put her arms round my neck, and, closing her eyes, tightly pressed her face against my shoulder. So we went down a long slope into a valley, and there in the dimness I almost walked into a little river. This I waded, and went up the opposite side of the valley, past a number of sleeping houses, and by a statue—a Faun, or some such figure, minus the head. Here too were acacias. So far I had seen nothing of the Morlocks, but it was yet early in the night, and the darker hours before the old moon rose were still to come.

"From the brow of the next hill I saw a thick wood spreading wide and black before me. I hesitated at this. I could see no end to it, either to the right or the left. Feeling tired—my feet, in particular, were very sore—I carefully lowered Weena from my shoulder as I halted, and sat down upon the turf. I could no longer see the Palace of Green Porcelain, and I was in doubt of my direction. I looked into the thickness of the wood and thought of what it might hide. Under that dense tangle of branches one would be out of sight of the stars. Even were there no other lurking danger—a danger I did not care to let my imagination loose upon—there would still be all the roots to stumble over and the tree–boles to strike against.

"I was very tired, too, after the excitements of the day; so I decided that I would not face it, but would pass the night upon the open hill. Weena, I was glad to find, was fast asleep. I carefully wrapped her in my jacket, and sat down beside her to wait for the moonrise. The hillside was quiet and deserted, but from the black of the wood there came now and then a stir of living things. Above me shone the stars, for the night was very clear. I felt a certain sense of friendly comfort in their twinkling. All the old constellations had gone from the sky, however: that slow movement which is imperceptible in a hundred human lifetimes, had long since rearranged them in unfamiliar groupings. But the Milky Way, it seemed to me, was still the same tattered streamer of stardust as of yore. Southward (as I judged it) was a very bright red star that was new to me; it was even more splendid than our own green Sirius.And amid all these scintillating points of light one bright planet shone kindly and steadily like the face of an old friend.

"Looking at these stars suddenly dwarfed my own troubles and all the gravities of terrestrial life. I thought of their unfathomable distance, and the slow inevitable drift of their movements out of the unknown past into the unknown future. I thought of the great precessional cycle that the pole of the earth describes. Only forty times had that silent revolution occurred during all the years that I had traversed. And during these few revolutions all the activity, all the traditions, the complex organizations, the nations, languages, literatures, aspirations, even the mere memory of Man as I knew him, had been swept out of existence. Instead were these frail creatures who had forgotten their high ancestry, and the white Things of which I went in terror. Then I thought of the Great Fear that was between the two species, and for the first time, with a sudden shiver, came the clear knowledge of what the meat I had seen might be. Yet it was too horrible! I looked at little Weena sleeping beside me, her face white and starlike under the stars, and forthwith dismissed the thought.

"Through that long night I held my mind off the Morlocks as well as I could, and whiled away the time by trying to fancy I could find signs of the old constellations in the new confusion. The sky kept very clear,except for a hazy cloud or so. No doubt I dozed at times.

Then, as my vigil wore on, came a faintness in the eastward sky, like the reflection of some colourless fire, and the old moon rose, thin and peaked and white.And close behind, and overtaking it, and overflowing it, the dawn came, pale at first, and then growing pink and warm. No Morlocks had approached us. Indeed, I had seen none upon the hill that night. And in the confidence of renewed day it almost seemed to me that my fear had been unreasonable. I stood up and found my foot with the loose heel swollen at the ankle and painful under the heel; so I sat down again, took off my shoes, and flung them away.

"I awakened Weena, and we went down into the wood, now green and pleasant instead of black and forbidding. We found some fruit wherewith to break our fast. We soon met others of the dainty ones, laughing and dancing in the sunlight as though there was no such thing in nature as the night. And then I thought once more of the meat that I had seen. I felt assured now of what it was, and from the bottom of my heart I pitied this last feeble rill from the great flood of humanity. Clearly, at some time in the Long–Ago of human decay the Morlocks' food had run short. Possibly they had lived on rats and such–like vermin. Even now man is far less discriminating and exclusive in his food than he was—far less than any monkey. His prejudice against human flesh is no deep–seated instinct. And so these inhuman sons of men— I tried to look at the thing in a scientific spirit. After all, they were less human and more remote than our cannibal ancestors of three or four thousand years ago.And the intelligence that would have made this state of things a torment had gone. Why should I trouble myself? These Eloi were mere fatted cattle, which the ant–like Morlocks preserved and preyed upon—probably saw to the breeding of. And there was Weena dancing at my side!

“Then I tried to preserve myself from the horror that was coming upon me, by regarding it as a rigorous punishment of human selfishness. Man had been content to live in ease and delight upon the labours of his fellow–man, had taken Necessity as his watchword and excuse, and in the fullness of time Necessity had come home to him. I even tried a Carlyle–like scorn of this wretched aristocracy in decay. But this attitude of mind was impossible. However great their intellectual degradation, the Eloi had kept too much of the human form not to claim my sympathy, and to make me perforce a sharer in their degradation and their Fear.

“I had at that time very vague ideas as to the course I should pursue.My first was to secure some safe place of refuge, and to make myself such arms of metal or stone as I could contrive. That necessity was immediate.In the next place, I hoped to procure some means of fire, so that I should have the weapon of a torch at hand, for nothing, I knew, would be more efficient against these Morlocks. Then I wanted to arrange some contrivance to break open the doors of bronze under the White Sphinx. I had in mind a battering ram. I had a persuasion that if I could enter those doors and carry a blaze of light before me I should discover the Time Machine and escape. I could not imagine the Morlocks were strong enough to move it far away. Weena I had resolved to bring with me to our own time. And turning such schemes over in my mind I pursued our way towards the building which my fancy had chosen as our dwelling."

Chapter 8

"I found the Palace of Green Porcelain, when we approached it about noon, deserted and falling into ruin. Only ragged vestiges of glass remained in its windows, and great sheets of the green facing had fallen away from the corroded metallic framework. It lay very high upon a turfy down, and looking north–eastward before I entered it, I was surprised to see a large estuary, or even creek, where I judged Wandsworth and Battersea must once have been. I thought then—though I never followed up the thought—of what might have happened, or might be happening, to the living things in the sea.

"The material of the Palace proved on examination to be indeed porcelain, and along the face of it I saw an inscription in some unknown character.I thought, rather foolishly, that Weena might help me to interpret this, but I only learned that the bare idea of writing had never entered her head. She always seemed to me, I fancy, more human than she was, perhaps because her affection was so human.

"Within the big valves of the door—which were open and broken—we found, instead of the customary hall, a long gallery lit by many side windows. At the first glance I was reminded of a museum. The tiled floor was thick with dust, and a remarkable array of miscellaneous objects was shrouded in the same grey covering. Then I perceived, standing strange and gaunt in the centre of the hall, what was clearly the lower part of a huge skeleton. I recognized by the oblique feet that it was some extinct creature after the fashion of the Megatherium. The skull and the upper bones lay beside it in the thick dust, and in one place, where rainwater had dropped through a leak in the roof, the thing itself had been worn away. Further in the gallery was the huge skeleton barrel of a Brontosaurus. My museum hypothesis was confirmed. Going towards the side I found what appeared to be sloping shelves, and clearing away the thick dust, I found the old familiar glass cases of our own time. But they must have been air–tight to judge from the fair preservation of some of their contents.

"Clearly we stood among the ruins of some latter–day South Kensington!Here, apparently, was the Palaeontological Section, and a very splendid array of fossils it must have been, though the inevitable process of decay that had been staved off for a time, and had, through the extinction of bacteria and fungi, lost ninety–nine hundredths of its force, was nevertheless, with extreme sureness if with extreme slowness at work again upon all its treasures. Here and there I found traces of the little people in the shape of rare fossils broken to pieces or threaded in strings upon reeds. And the cases had in some instances been bodily removed—by the Morlocks as I judged. The place was very silent. The thick dust deadened our footsteps. Weena, who had been rolling a sea urchin down the sloping glass of a case, presently came, as I stared about me, and very quietly took my hand and stood beside me.

"And at first I was so much surprised by this ancient monument of an intellectual age, that I gave no thought to the possibilities it presented.Even my preoccupation about the Time Machine receded a little from my mind.

"To judge from the size of the place, this Palace of Green Porcelain had a great deal more in it than a Gallery of Palaeontology; possibly historical galleries; it might be, even a library! To me, at least in my present circumstances, these would be vastly more interesting than this spectacle of old time geology in decay. Exploring, I found another short gallery running transversely to the first. This appeared to be devoted to minerals, and the sight of a block of sulphur set my mind running on gunpowder. But I could find no saltpeter; indeed, no nitrates of any kind. Doubtless they had deliquesced ages ago. Yet the sulphur hung in my mind, and set up a train of thinking. As for the rest of the contents of that gallery, though on the whole they were the best preserved of all I saw, I had little interest. I am no specialist in mineralogy, and I went on down a very ruinous aisle running parallel to the first hall I had entered. Apparently this section had been devoted to natural history, but everything had long since passed out of recognition. A few shrivelled and blackened vestiges of what had once been stuffed animals, desiccated mummies in jars that had once held spirit, a brown dust of departed plants: that was all! I was sorry for that, because I should have been glad to trace the patent readjustments by which the conquest of animated nature had been attained.Then we came to a gallery of simply colossal proportions, but singularly ill–lit, the floor of it running downward at a slight angle from the end at which I entered. At intervals white globes hung from the ceiling—many of them cracked and smashed—which suggested that originally the place had been artificially lit. Here I was more in my element, for rising on either side of me were the huge bulks of big machines, all greatly corroded and many broken down, but some still fairly complete. You know I have a certain weakness for mechanism, and I was inclined to linger among these; the more so as for the most part they had the interest of puzzles, and I could make only the vaguest guesses at what they were for. I fancied that if I could solve their puzzles I should find myself in possession of powers that might be of use against the Morlocks.

"Suddenly Weena came very close to my side. So suddenly that she startled me. Had it not been for her I do not think I should have noticed that the floor of the gallery sloped at all. The end I had come in at was quite above ground, and was lit by rare slit–like windows. As you went down the length, the ground came up against these windows, until at last there was a pit like the 'area' of a London house before each, and only a narrow line of daylight at the top. I went slowly along, puzzling about the machines, and had been too intent upon them to notice the gradual diminution of the light, until Weena's increasing apprehensions drew my attention. Then I saw that the gallery ran down at last into a thick darkness. I hesitated, and then, as I looked round me, I saw that the dust was less abundant and its surface less even. Further away towards the dimness, it appeared to be broken by a number of small narrow footprints. My sense of the immediate presence of the Morlocks revived at that. I felt that I was wasting my time in the academic examination of machinery. I called to mind that it was already far advanced in the afternoon, and that I had still no weapon, no refuge, and no means of making a fire. And then down in the remote blackness of the gallery I heard a peculiar pattering, and the same odd noises I had heard down the well.

"I took Weena's hand. Then, struck with a sudden idea, I left her and turned to a machine from which projected a lever not unlike those in a signal–box. Clambering upon the stand, and grasping this lever in my hands, I put all my weight upon it sideways. Suddenly Weena, deserted in the central aisle, began to whimper. I had judged the strength of the lever pretty correctly, for it snapped after a minute's strain, and I rejoined her with a mace in my hand more than sufficient, I judged, for any Morlock skull I might encounter. And I longed very much to kill a Morlock or so. Very inhuman, you may think, to want to go killing one's own descendants! But it was impossible, somehow, to feel any humanity in the things. Only my disinclination to leave Weena, and a persuasion that if I began to slake my thirst for murder my Time Machine might suffer, restrained me from going straight down the gallery and killing the brutes I heard.

"Well, mace in one hand and Weena in the other, I went out of that gallery and into another and still larger one, which at the first glance reminded me of a military chapel hung with tattered flags. The brown and charred rags that hung from the sides of it, I presently recognized as the decaying vestiges of books. They had long since dropped to pieces, and every semblance of print had left them. But here and there were warped boards and cracked metallic clasps that told the tale well enough. Had I been a literary man I might, perhaps, have moralized upon the futility of all ambition. But as it was, the thing that struck me with keenest force was the enormous waste of labour to which this sombre wilderness of rotting paper testified. At the time I will confess that I thought chiefly of the Philosophical Transactions and my own seventeen papers upon physical optics.

"Then, going up a broad staircase, we came to what may once have been a gallery of technical chemistry. And here I had not a little hope of useful discoveries. Except at one end where the roof had collapsed, this gallery was well preserved. I went eagerly to every unbroken case. And at last, in one of the really air-tight cases, I found a box of matches. Very eagerly I tried them. They were perfectly good. They were not even damp. I turned to Weena. 'Dance,' I cried to her in her own tongue. For now I had a weapon indeed against the horrible creatures we feared.And so, in that derelict museum, upon the thick soft carpeting of dust, to Weena's huge delight, I solemnly performed a kind of composite dance, whistling The Land of the Leal as cheerfully as I could. In part it was a modest cancan, in part a step dance, in part a skirt–dance (so far as my tail–coat permitted), and in part original. For I am naturally inventive, as you know.

"Now, I still think that for this box of matches to have escaped the wear of time for immemorial years was a most strange, as for me it was a most fortunate thing. Yet, oddly enough, I found a far unlikelier substance, and that was camphor. I found it in a sealed jar, that by chance, I suppose, had been really hermetically sealed. I fancied at first that it was paraffin wax, and smashed the glass accordingly. But the odour of camphor was unmistakable. In the universal decay this volatile substance had chanced to survive, perhaps through many thousands of centuries. It reminded me of a sepia painting I had once seen done from the ink of a fossil Belemnite that must have perished and become fossilized millions of years ago. I was about to throw it away, but I remembered that it was inflammable and burned with a good bright flame—was, in fact, an excellent candle—and I put it in my pocket. I found no explosives, however, nor any means of breaking down the bronze doors. As yet my iron crowbar was the most helpful thing

I had chanced upon. Nevertheless I left that gallery greatly elated.

"I cannot tell you all the story of that long afternoon. It would require a great effort of memory to recall my explorations in at all the proper order. I remember a long gallery of rusting stands of arms, and how I hesitated between my crowbar and a hatchet or a sword. I could not carry both, however, and my bar of iron promised best against the bronze gates. There were numbers of guns, pistols, and rifles. The most were masses of rust, but many were of some new metal, and still fairly sound.But any cartridges or powder there may once have been had rotted into dust. One corner I saw was charred and shattered; perhaps, I thought, by an explosion among the specimens. In another place was a vast array of idols—Polynesian, Mexican, Grecian, Phoenician, every country on earth I should think. And here, yielding to an irresistible impulse, I wrote my name upon the nose of a steatite monster from South America that particularly took my fancy.

"As the evening drew on, my interest waned. I went through gallery after gallery, dusty, silent, often ruinous, the exhibits sometimes mere heaps of rust and lignite, sometimes fresher. In one place I suddenly found myself near the model of a tin–mine, and then by the merest accident I discovered, in an air–tight case, two dynamite cartridges! I shouted 'Eureka!' and smashed the case with joy. Then came a doubt. I hesitated. Then, selecting a little side gallery, I made my essay. I never felt such a disappointment as I did in waiting five, ten, fifteen minutes for an explosion that never came.

Of course the things were dummies, as I might have guessed from their presence. I really believe that had they not been so, I should have rushed off incontinently and blown Sphinx, bronze doors, and (as it proved) my chances of finding the Time Machine, all together into non–existence.

"It was after that, I think, that we came to a little open court within the palace. It was turfed, and had three fruit–trees. So we rested and refreshed ourselves. Towards sunset I began to consider our position. Night was creeping upon us, and my inaccessible hiding–place had still to be found. But that troubled me very little now. I had in my possession a thing that was, perhaps, the best of all defences against the Morlocks—I had matches! I had the camphor in my pocket, too, if a blaze were needed. It seemed to me that the best thing we could do would be to pass the night in the open, protected by a fire. In the morning there was the getting of the Time Machine. Towards that, as yet, I had only my iron mace. But now, with my growing knowledge, I felt very differently towards those bronze doors. Up to this, I had refrained from forcing them, largely because of the mystery on the other side. They had never impressed me as being very strong, and I hoped to find my bar of iron not altogether inadequate for the work."

Chapter 9

"We emerged from the palace while the sun was still in part above the horizon. I was determined to reach the White Sphinx early the next morning, and ere the dusk I purposed pushing through the woods that had stopped me on the previous journey. My plan was to go as far as possible that night, and then, building a fire, to sleep in the protection of its glare. Accordingly, as we went along I gathered any sticks or dried grass I saw, and presently had my arms full of such litter. Thus loaded, our progress was slower than I had anticipated, and besides Weena was tired. And I began to suffer from sleepiness too; so that it was full night before we reached the wood. Upon the shrubby hill of its edge Weena would have stopped, fearing the darkness before us; but a singular sense of impending calamity, that should indeed have served me as a warning, drove me onward. I had been without sleep for a night and two days, and I was feverish and irritable. I felt sleep coming upon me, and the Morlocks with it.

"While we hesitated, among the black bushes behind us, and dim against their blackness, I saw three crouching figures. There was scrub and long grass all about us, and I did not feel safe from their insidious approach. The forest, I calculated, was rather less than a mile across. If we could get through it to the bare hill–side, there, as it seemed to me, was an altogether safer resting–place; I thought that with my matches and my camphor I could contrive to keep my path illuminated through the woods. Yet it was evident that if I was to flourish matches with my hands I should have to abandon my firewood; so, rather reluctantly, I put it down. And then it came into my head that I would amaze our friends behind by lighting it. I was to discover the atrocious folly of this proceeding, but it came to my mind as an ingenious move for covering our retreat.

"I don't know if you have ever thought what a rare thing flame must be in the absence of man and in a temperate climate. The sun's heat is rarely strong enough to burn, even when it is focused by dewdrops, as is sometimes the case in more tropical districts. Lightning may blast and blacken, but it rarely gives rise to widespread fire. Decaying vegetation may occasionally smoulder with the heat of its fermentation, but this rarely results in flame. In this decadence, too, the art of fire–making had been forgotten on the earth. The red tongues that went licking up my heap of wood were an altogether new and strange thing to Weena.

"She wanted to run to it and play with it. I believe she would have cast herself into it had I not restrained her. But I caught her up, and in spite of her struggles, plunged boldly before me into the wood. For a little way the glare of my fire lit the path. Looking back presently, I could see, through the crowded stems, that from my heap of sticks the blaze had spread to some bushes adjacent, and a curved line of fire was creeping up the grass of the hill. I laughed at that, and turned again to the dark trees before me. It was very black, and Weena clung to me convulsively, but there was still, as my eyes grew accustomed to the darkness, sufficient light for me to avoid the stems. Overhead it was simply black, except where a gap of remote blue sky shone down upon us here and there. I struck none of my matches because I had no hand free. Upon my left arm I carried my little one, in my right hand I had my iron bar.

"For some way I heard nothing but the crackling twigs under my feet, the faint rustle of the breeze above, and my own breathing and the throb of the blood-vessels in my ears. Then I seemed to know of a pattering about me. I pushed on grimly. The pattering grew more distinct, and then I caught the same queer sound and voices I had heard in the Underworld. There were evidently several of the Morlocks, and they were closing in upon me. Indeed, in another minute I felt a tug at my coat, then something at my arm. And Weena shivered violently, and became quite still.

"It was time for a match. But to get one I must put her down. I did so, and, as I fumbled with my pocket, a struggle began in the darkness about my knees, perfectly silent on her part and with the same peculiar cooing sounds from the Morlocks. Soft little hands, too, were creeping over my coat and back, touching even my neck. Then the match scratched and fizzed. I held it flaring, and saw the white backs of the Morlocks in flight amid the trees. I hastily took a lump of camphor from my pocket, and prepared to light it as soon as the match should wane.Then I looked at Weena. She was lying clutching my feet and quite motionless, with her face to the ground. With a sudden fright I stooped to her. She seemed scarcely to breathe. I lit the block of camphor and flung it to the ground, and as it split and flared up and drove back the Morlocks and the shadows, I knelt down and lifted her. The wood behind seemed full of the stir and murmur of a great company!

"She seemed to have fainted. I put her carefully upon my shoulder and rose to push on, and then there came a horrible realization. In manoeuvring with my matches and Weena, I had turned myself about several times, and now I had not the faintest idea in what direction lay my path.For all I knew, I might be facing back towards the Palace of Green Porcelain.I found myself in a cold sweat. I had to think rapidly what to do. I determined to build a fire and encamp where we were. I put Weena, still motionless, down upon a turfy bole, and very hastily, as my first lump of camphor waned, I began collecting sticks and leaves. Here and there out of the darkness round me the Morlocks' eyes shone like carbuncles.

"The camphor flickered and went out. I lit a match, and as I did so, two white forms that had been approaching Weena dashed hastily away.One was so blinded by the light that he came straight for me, and I felt his bones grind under the blow of my fist. He gave a whoop of dismay, staggered a little way, and fell down. I lit another piece of camphor, and went on gathering my bonfire. Presently I noticed how dry was some of the foliage above me, for since my arrival on the Time Machine, a matter of a week, no rain had fallen. So, instead of casting about among the trees for fallen twigs, I began leaping up and dragging down branches.Very soon I had a choking smoky fire of green wood and dry sticks, and could economize my camphor. Then I turned to where Weena lay beside my iron mace. I tried what I could to revive her, but she lay like one dead. I could not even satisfy myself whether or not she breathed.

"Now, the smoke of the fire beat over towards me, and it must have made me heavy of a sudden. Moreover, the vapour of camphor was in the air. My fire would not need replenishing for an hour or so. I felt very weary after my exertion, and sat down. The wood, too, was full of a slumbrous murmur that I did not understand. I seemed just to nod and open my eyes. But all was dark, and the Morlocks had their hands upon me. Flinging off their clinging fingers I hastily felt in my pocket for the match–box, and—it had gone! Then they gripped and closed with me again. In a moment I knew what had happened. I had slept, and my fire had gone out, and the bitterness of death came over my soul. The forest seemed full of the smell of burning wood. I was caught by the neck, by the hair, by the arms, and pulled down. It was indescribably horrible in the darkness to feel all these soft creatures heaped upon me. I felt as if I was in a monstrous spider's web. I was overpowered, and went down. I felt little teeth nipping at my neck. I rolled over, and as I did so my hand came against my iron lever. It gave me strength. I struggled up, shaking the human rats from me, and, holding the bar short, I thrust where I judged their faces might be. I could feel the succulent giving of flesh and bone under my blows, and for a moment I was free.

"The strange exultation that so often seems to accompany hard fighting came upon me. I knew that both I and Weena were lost, but I determined to make the Morlocks pay for their meat. I stood with my back to a tree, swinging the iron bar before me. The whole wood was full of the stir and cries of them. A minute passed. Their voices seemed to rise to a higher pitch of excitement, and their movements grew faster. Yet none came within reach. I stood glaring at the blackness. Then suddenly came hope. What if the Morlocks were afraid? And close on the heels of that came a strange thing. The darkness seemed to grow luminous. Very dimly I began to see the Morlocks about me—three battered at my feet—and then I recognized, with incredulous surprise, that the others were running, in an incessant stream, as it seemed, from behind me, and away through the wood in front. And their backs seemed no longer white, but reddish. As I stood agape, I saw a little red spark go drifting across a gap of starlight between the branches, and vanish. And at that I understood the smell of burning wood, the slumbrous murmur that was growing now into a gusty roar, the red glow, and the Morlocks' flight.

"Stepping out from behind my tree and looking back, I saw, through the black pillars of the nearer trees, the flames of the burning forest. It was my first fire coming after me. With that I looked for Weena, but she was gone. The hissing and crackling behind me, the explosive thud as each fresh tree burst into flame, left little time for reflection. My iron bar still gripped, I followed in the Morlocks' path. It was a close race. Once the flames crept forward so swiftly on my right as I ran that I was outflanked and had to strike off to the left. But at last I emerged upon a small open space, and as I did so, a Morlock came blundering towards me, and past me, and went on straight into the fire!

"And now I was to see the most weird and horrible thing, I think, of all that I beheld in that future age. This whole space was as bright as day with the reflection of the fire. In the centre was a hillock or tumulus, surmounted by a scorched hawthorn. Beyond this was another arm of the burning forest, with yellow tongues already writhing from it, completely encircling the space with a fence of fire. Upon the hill-side were some thirty or forty Morlocks, dazzled by the light and heat, and blundering hither and thither against each other in their bewilderment. At first I did not realize their blindness, and struck furiously at them with my bar, in a frenzy of fear, as they approached me, killing one and crippling several more. But when I had watched the gestures of one of them groping under the hawthorn against the red sky, and heard their moans, I was assured of their absolute helplessness and misery in the glare, and I struck no more of them.

"Yet every now and then one would come straight towards me, setting loose a quivering horror that made me quick to elude him. At one time the flames died down somewhat, and I feared the foul creatures would presently be able to see me. I was thinking of beginning the fight by killing some of them before this should happen; but the fire burst out again brightly, and I stayed my hand. I walked about the hill among them and avoided them, looking for some trace of Weena. But Weena was gone.

"At last I sat down on the summit of the hillock, and watched this strange incredible company of blind things groping to and fro, and making uncanny noises to each other, as the glare of the fire beat on them.The coiling uprush of smoke streamed across the sky, and through the rare tatters of that red canopy, remote as though they belonged to another universe, shone the little stars. Two or three Morlocks came blundering into me, and I drove them off with blows of my fists, trembling as I did so.

"For the most part of that night I was persuaded it was a nightmare. I bit myself and screamed in a passionate desire to awake. I beat the ground with my hands, and got up and sat down again, and wandered here and there, and again sat down. Then I would fall to rubbing my eyes and calling upon God to let me awake. Thrice I saw Morlocks put their heads down in a kind of agony and rush into the flames. But, at last, above the subsiding red of the fire, above the streaming masses of black smoke and the whitening and blackening tree stumps, and the diminishing numbers of these dim creatures, came the white light of the day.

"I searched again for traces of Weena, but there were none. It was plain that they had left her poor little body in the forest. I cannot describe how it relieved me to think that it had escaped the awful fate to which it seemed destined. As I thought of that, I was almost moved to begin a massacre of the helpless abominations about me, but I contained myself. The hillock, as I have said, was a kind of island in the forest. From its summit I could now make out through a haze of smoke the Palace of Green Porcelain, and from that I could get my bearings for the White Sphinx. And so, leaving the remnant of these damned souls still going hither and thither and moaning, as the day grew clearer, I tied some grass about my feet and limped on across smoking ashes and among black stems, that still pulsated internally with fire, towards the hiding-place of the Time Machine. I walked slowly, for I was almost exhausted, as well as lame, and I felt the intensest wretchedness for the horrible death of little Weena. It seemed an overwhelming calamity. Now, in this old familiar room, it is more like the sorrow of a dream than an actual loss. But that morning it left me absolutely lonely again—terribly alone. I began to think of this house of mine, of this fireside, of some of you, and with such thoughts came a longing that was pain.

"But as I walked over the smoking ashes under the bright morning sky, I made a discovery. In my trouser pocket were still some loose matches. The box must have leaked before it was lost."

Chapter 10

"About eight or nine in the morning I came to the same seat of yellow metal from which I had viewed the world upon the evening of my arrival.I thought of my hasty conclusions upon that evening and could not refrain from laughing bitterly at my confidence. Here was the same beautiful scene, the same abundant foliage, the same splendid palaces and magnificent ruins, the same silver river running between its fertile banks. The gay robes of the beautiful people moved hither and thither among the trees. Some were bathing in exactly the place where I had saved Weena, and that suddenly gave me a keen stab of pain. And like blots upon the landscape rose the cupolas above the ways to the Underworld.I understood now what all the beauty of the Over–world people covered. Very pleasant was their day, as pleasant as the day of the cattle in the field. Like the cattle, they knew of no enemies and provided against no needs. And their end was the same.

"I grieved to think how brief the dream of the human intellect had been. It had committed suicide. It had set itself steadfastly towards comfort and ease, a balanced society with security and permanency as its watchword, it had attained its hopes—to come to this at last. Once, life and property must have reached almost absolute safety. The rich had been assured of his wealth and comfort, the toiler assured of his life and work. No doubt in that perfect world there had been no unemployed problem, no social question left unsolved. And a great quiet had followed.

"It is a law of nature we overlook, that intellectual versatility is the compensation for change, danger, and trouble. An animal perfectly in harmony with its environment is a perfect mechanism. Nature never appeals to intelligence until habit and instinct are useless. There is no intelligence where there is no change and no need of change. Only those animals partake of intelligence that have to meet a huge variety of needs and dangers.

"So, as I see it, the Upper–world man had drifted towards his feeble prettiness, and the Under–world to mere mechanical industry. But that perfect state had lacked one thing even for mechanical perfection—absolute permanency. Apparently as time went on, the feeding of the Under–world, however it was effected, had become disjointed. Mother Necessity, who had been staved off for a few thousand years, came back again, and she began below. The Under–world being in contact with machinery, which, however perfect, still needs some little thought outside habit, had probably retained perforce rather more initiative, if less of every other human character, than the Upper. And when other meat failed them, they turned to what old habit had hitherto forbidden. So I say I saw it in my last view of the world of Eight Hundred and Two Thousand Seven Hundred and One. It may be as wrong an explanation as mortal wit could invent. It is how the thing shaped itself to me, and as that I give it to you.

"After the fatigues, excitements, and terrors of the past days, and in spite of my grief, this seat and the tranquil view and the warm sunlight were very pleasant. I was very tired and sleepy, and soon my theorizing passed into dozing. Catching myself at that, I took my own hint, and spreading myself out upon the turf I had a long and refreshing sleep.

"I awoke a little before sunsetting. I now felt safe against being caught napping by the Morlocks, and, stretching myself, I came on down the hill towards the White Sphinx. I had my crowbar in one hand, and the other hand played with the matches in my pocket.

"And now came a most unexpected thing. As I approached the pedestal of the sphinx I found the bronze valves were open. They had slid down into grooves.

"At that I stopped short before them, hesitating to enter.

"Within was a small apartment, and on a raised place in the corner of this was the Time Machine. I had the small levers in my pocket. So here, after all my elaborate preparations for the siege of the White Sphinx, was a meek surrender. I threw my iron bar away, almost sorry not to use it.

“A sudden thought came into my head as I stooped towards the portal. For once, at least, I grasped the mental operations of the Morlocks. Suppressing a strong inclination to laugh, I stepped through the bronze frame and up to the Time Machine. I was surprised to find it had been carefully oiled and cleaned. I have suspected since that the Morlocks had even partially taken it to pieces while trying in their dim way to grasp its purpose.

“Now as I stood and examined it, finding a pleasure in the mere touch of the contrivance, the thing I had expected happened. The bronze panels suddenly slid up and struck the frame with a clang. I was in the dark—trapped. So the Morlocks thought. At that I chuckled gleefully.

“I could already hear their murmuring laughter as they came towards me. Very calmly I tried to strike the match. I had only to fix on the levers and depart then like a ghost. But I had overlooked one little thing. The matches were of that abominable kind that light only on the box.

“You may imagine how all my calm vanished. The little brutes were close upon me. One touched me. I made a sweeping blow in the dark at them with the levers, and began to scramble into the saddle of the machine. Then came one hand upon me and then another. Then I had simply to fight against their persistent fingers for my levers, and at the same time feel for the studs over which these fitted. One, indeed, they almost got away from me. As it slipped from my hand, I had to butt in the dark with my head—I could hear the Morlock's skull ring—to recover it.It was a nearer thing than the fight in the forest, I think, this last scramble.

"But at last the lever was fitted and pulled over. The clinging hands slipped from me. The darkness presently fell from my eyes. I found myself in the same grey light and tumult I have already described."

Chapter 11

"As I drove on, a peculiar change crept over the appearance of things. The palpitating greyness grew darker; then—though I was still travelling with prodigious velocity—the blinking succession of day and night, which was usually indicative of a slower pace, returned, and grew more and more marked. This puzzled me very much at first. The alternations of night and day grew slower and slower, and so did the passage of the sun across the sky, until they seemed to stretch through centuries.

"At last a steady twilight brooded over the earth, a twilight only broken now and then when a comet glared across the darkling sky. The band of light that had indicated the sun had long since disappeared; for the sun had ceased to set—it simply rose and fell in the west, and grew ever broader and more red. All trace of the moon had vanished. The circling of the stars, growing slower and slower, had given place to creeping points of light.At last, some time before I stopped, the sun, red and very large, halted motionless upon the horizon, a vast dome glowing with a dull heat, and now and then suffering a momentary extinction. At one time it had for a little while glowed more brilliantly again, but it speedily reverted to its sullen red heat. I perceived by this slowing down of its rising and setting that the work of the tidal drag was done. The earth had come to rest with one face to the sun, even as in our own time the moon faces the earth.Very cautiously, for I remembered my former headlong fall, I began to reverse my motion. Slower and slower went the circling hands until the thousands one seemed motionless and the daily one was no longer a mere mist upon its scale. Still slower, until the dim outlines of a desolate beach grew visible.

"I stopped very gently and sat upon the Time Machine, looking round.The sky was no longer blue. North–eastward it was inky black, and out of the blackness shone brightly and steadily the pale white stars. Overhead it was a deep Indian red and starless, and south–eastward it grew brighter to a glowing scarlet where, cut by the horizon, lay the huge hull of the sun, red and motionless. The rocks about me were of a harsh reddish colour, and all the trace of life that I could see at first was the intensely green vegetation that covered every projecting point on their south–eastern face. It was the same rich green that one sees on forest moss or on the lichen in caves: plants which like these grow in a perpetual twilight.

"The machine was standing on a sloping beach. The sea stretched away to the south–west, to rise into a sharp bright horizon against the wan sky.There were no breakers and no waves, for not a breath of wind was stirring.Only a slight oily swell rose and fell like a gentle breathing, and showed that the eternal sea was still moving and living. And along the margin where the water sometimes broke was a thick incrustation of salt—pink under the lurid sky. There was a sense of oppression in my head, and I noticed that I was breathing very fast. The sensation reminded me of my only experience of mountaineering, and from that I judged the air to be more rarefied than it is now.

"Far away up the desolate slope I heard a harsh scream, and saw a thing like a huge white butterfly go slanting and fluttering up into the sky and, circling, disappear over some low hillocks beyond. The sound of its voice was so dismal that I shivered and seated myself more firmly upon the machine. Looking round me again, I saw that, quite near, what I had taken to be a reddish mass of rock was moving slowly towards me.

"Then I saw the thing was really a monstrous crab–like creature. Can you imagine a crab as large as yonder table, with its many legs moving slowly and uncertainly, its big claws swaying, its long antennae, like carters' whips, waving and feeling, and its stalked eyes gleaming at you on either side of its metallic front? Its back was corrugated and ornamented with ungainly bosses, and a greenish incrustation blotched it here and there. I could see the many palps of its complicated mouth flickering and feeling as it moved.

"As I stared at this sinister apparition crawling towards me, I felt a tickling on my cheek as though a fly had lighted there. I tried to brush it away with my hand, but in a moment it returned, and almost immediately came another by my ear. I struck at this, and caught something threadlike. It was drawn swiftly out of my hand. With a frightful qualm, I turned, and I saw that I had grasped the antenna of another monster crab that stood just behind me. Its evil eyes were wriggling on their stalks, its mouth was all alive with appetite, and its vast ungainly claws, smeared with an algal slime, were descending upon me. In a moment my hand was on the lever, and I had placed a month between myself and these monsters. But I was still on the same beach, and I saw them distinctly now as soon as I stopped. Dozens of them seemed to be crawling here and there, in the sombre light, among the foliated sheets of intense green.

"I cannot convey the sense of abominable desolation that hung over the world. The red eastern sky, the northward blackness, the salt Dead Sea, the stony beach crawling with these foul, slow-stirring monsters, the uniform poisonous-looking green of the lichenous plants, the thin air that hurts one's lungs: all contributed to an appalling effect. I moved on a hundred years, and there was the same red sun—a little larger, a little duller—the same dying sea, the same chill air, and the same crowd of earthy crustacea creeping in and out among the green weed and the red rocks. And in the westward sky, I saw a curved pale line like a vast new moon.

"So I travelled, stopping ever and again, in great strides of a thousand years or more, drawn on by the mystery of the earth's fate, watching with a strange fascination the sun grow larger and duller in the westward sky, and the life of the old earth ebb away. At last, more than thirty million years hence, the huge red–hot dome of the sun had come to obscure nearly a tenth part of the darkling heavens. Then I stopped once more, for the crawling multitude of crabs had disappeared, and the red beach, save for its livid green liverworts and lichens, seemed lifeless.And now it was flecked with white. A bitter cold assailed me. Rare white flakes ever and again came eddying down. To the north–eastward, the glare of snow lay under the starlight of the sable sky and I could see an undulating crest of hillocks pinkish white. There were fringes of ice along the sea margin, with drifting masses further out; but the main expanse of that salt ocean, all bloody under the eternal sunset, was still unfrozen.

"I looked about me to see if any traces of animal life remained. A certain indefinable apprehension still kept me in the saddle of the machine. But I saw nothing moving, in earth or sky or sea. The green slime on the rocks alone testified that life was not extinct. A shallow sandbank had appeared in the sea and the water had receded from the beach. I fancied I saw some black object flopping about upon this bank, but it became motionless as I looked at it, and I judged that my eye had been deceived, and that the black object was merely a rock. The stars in the sky were intensely bright and seemed to me to twinkle very little.

"Suddenly I noticed that the circular westward outline of the sun had changed; that a concavity, a bay, had appeared in the curve. I saw this grow larger. For a minute perhaps I stared aghast at this blackness that was creeping over the day, and then I realized that an eclipse was beginning. Either the moon or the planet Mercury was passing across the sun's disk. Naturally, at first I took it to be the moon, but there is much to incline me to believe that what I really saw was the transit of an inner planet passing very near to the earth.

"The darkness grew apace; a cold wind began to blow in freshening gusts from the east, and the showering white flakes in the air increased in number. From the edge of the sea came a ripple and whisper. Beyond these lifeless sounds the world was silent. Silent? It would be hard to convey the stillness of it. All the sounds of man, the bleating of sheep, the cries of birds, the hum of insects, the stir that makes the background of our lives—all that was over. As the darkness thickened, the eddying flakes grew more abundant, dancing before my eyes; and the cold of the air more intense. At last, one by one, swiftly, one after the other, the white peaks of the distant hills vanished into blackness. The breeze rose to a moaning wind. I saw the black central shadow of the eclipse sweeping towards me. In another moment the pale stars alone were visible. All else was rayless obscurity. The sky was absolutely black.

"A horror of this great darkness came on me. The cold, that smote to my marrow, and the pain I felt in breathing, overcame me. I shivered, and a deadly nausea seized me. Then like a red–hot bow in the sky appeared the edge of the sun. I got off the machine to recover myself. I felt giddy and incapable of facing the return journey. As I stood sick and confused I saw again the moving thing upon the shoal—there was no mistake now that it was a moving thing—against the red water of the sea. It was a round thing, the size of a football perhaps, or, it may be, bigger, and tentacles trailed down from it; it seemed black against the weltering blood–red water, and it was hopping fitfully about. Then I felt I was fainting. But a terrible dread of lying helpless in that remote and awful twilight sustained me while I clambered upon the saddle."

Chapter 12

"So I came back. For a long time I must have been insensible upon the machine. The blinking succession of the days and nights was resumed, the sun got golden again, the sky blue. I breathed with greater freedom.The fluctuating contours of the land ebbed and flowed. The hands spun backward upon the dials. At last I saw again the dim shadows of houses, the evidences of decadent humanity. These, too, changed and passed, and others came. Presently, when the million dial was at zero, I slackened speed. I began to recognize our own petty and familiar architecture, the thousands hand ran back to the starting–point, the night and day flapped slower and slower. Then the old walls of the laboratory came round me. Very gently, now, I slowed the mechanism down.

"I saw one little thing that seemed odd to me. I think I have told you that when I set out, before my velocity became very high, Mrs. Watchett had walked across the room, travelling, as it seemed to me, like a rocket. As I returned, I passed again across that minute when she traversed the laboratory. But now her every motion appeared to be the exact inversion of her previous ones. The door at the lower end opened, and she glided quietly up the laboratory, back foremost, and disappeared behind the door by which she had previously entered. Just before that I seemed to see Hillyer for a moment; but he passed like a flash.

"Then I stopped the machine, and saw about me again the old familiar laboratory, my tools, my appliances just as I had left them. I got off the thing very shakily, and sat down upon my bench. For several minutes I trembled violently. Then I became calmer. Around me was my old workshop again, exactly as it had been. I might have slept there, and the whole thing have been a dream.

"And yet, not exactly! The thing had started from the south–east corner of the laboratory. It had come to rest again in the north–west, against the wall where you saw it. That gives you the exact distance from my little lawn to the pedestal of the White Sphinx, into which the Morlocks had carried my machine.

"For a time my brain went stagnant. Presently I got up and came through the passage here, limping, because my heel was still painful, and feeling sorely begrimed. I saw the Pall Mall Gazette on the table by the door. I found the date was indeed to–day, and looking at the timepiece, saw the hour was almost eight o'clock. I heard your voices and the clatter of plates. I hesitated—I felt so sick and weak. Then I sniffed good wholesome meat, and opened the door on you. You know the rest. I washed, and dined, and now I am telling you the story."

"I know," he said, after a pause, "that all this will be absolutely incredible to you. To me the one incredible thing is that I am here to–night in this old familiar room looking into your friendly faces and telling you these strange adventures."

He looked at the Medical Man. "No. I cannot expect you to believe it.Take it as a lie—or a prophecy. Say I dreamed it in the workshop. Consider I have been speculating upon the destinies of our race until I have hatched this fiction. Treat my assertion of its truth as a mere stroke of art to enhance its interest. And taking it as a story, what do you think of it?"

He took up his pipe, and began, in his old accustomed manner, to tap with it nervously upon the bars of the grate. There was a momentary stillness. Then chairs began to creak and shoes to scrape upon the carpet.I took my eyes off the Time Traveller's face, and looked round at his audience. They were in the dark, and little spots of colour swam before them. The Medical Man seemed absorbed in the contemplation of our host. The Editor was looking hard at the end of his cigar—the sixth. The Journalist fumbled for his watch. The others, as far as I remember, were motionless.

The Editor stood up with a sigh. "What a pity it is you're not a writer of stories!" He said, putting his hand on the Time Traveller's shoulder.

"You don't believe it?"

"Well—"

"I thought not."

The Time Traveller turned to us: "Where are the matches?" He said. He lit one and spoke over his pipe, puffing: "To tell you the truth... I hardly believe it myself...And yet..." His eye fell with a mute inquiry upon the withered white flowers upon the little table. Then he turned over the hand holding his pipe, and I saw he was looking at some half–healed scars on his knuckles.

The Medical Man rose, came to the lamp, and examined the flowers. "The gynaeceum's odd." He said. The Psychologist leant forward to see, holding out his hand for a specimen.

"I'm hanged if it isn't a quarter to one," said the Journalist. "How shall we get home?"

"Plenty of cabs at the station." Said the Psychologist.

"It's a curious thing," said the Medical Man, "but I certainly don't know the natural order of these flowers. May I have them?"

The Time Traveller hesitated. Then suddenly: "Certainly not."

"Where did you really get them?" Said the Medical Man.

The Time Traveller put his hand to his head. He spoke like one who was trying to keep hold of an idea that eluded him. "They were put into my pocket by Weena, when I travelled into Time." He stared round the room. "I'm damned if it isn't all going. This room and you and the atmosphere of every day is too much for my memory. Did I ever make a Time Machine, or a model of a Time Machine? Or is it all only a dream?

They say life is a dream, a precious poor dream at times—but I can't stand another that won't fit. It's madness. And where did the dream come from? I must look at that machine. If there is one!"

He caught up the lamp swiftly, and carried it, flaring red, through the door into the corridor. We followed him. There in the flickering light of the lamp was the machine sure enough, squat, ugly, and askew; a thing of brass, ebony, ivory, and translucent glimmering quartz. Solid to the touch—for I put out my hand and felt the rail of it—and with brown spots and smears upon the ivory, and bits of grass and moss upon the lower parts, and one rail bent awry.

The Time Traveller put the lamp down on the bench, and ran his hand along the damaged rail. "It's all right now," he said, "the story I told you was true. I'm sorry to have brought you out here in the cold." He took up the lamp, and, in an absolute silence, we returned to the smoking-room.

He came into the hall with us and helped the Editor on with his coat.The Medical Man looked into his face and, with a certain hesitation, told him he was suffering from overwork, at which he laughed hugely. I remember him standing in the open doorway, bawling good night.

I shared a cab with the Editor. He thought the tale a "gaudy lie" . For my own part I was unable to come to a conclusion. The story was so fantastic and incredible, the telling so credible and sober. I lay awake most of the night thinking about it. I determined to go next day and see the Time Traveller again.

I was told he was in the laboratory, and being on easy terms in the house, I went up to him. The laboratory, however, was empty. I stared for a minute at the Time Machine and put out my hand and touched the lever. At that the squat substantial–looking mass swayed like a bough shaken by the wind. Its instability startled me extremely, and I had a queer reminiscence of the childish days when I used to be forbidden to meddle. I came back through the corridor. The Time Traveller met me in the smoking–room. He was coming from the house.He had a small camera under one arm and a knapsack under the other. He laughed when he saw me, and gave me an elbow to shake. "I'm frightfully busy," said he, "with that thing in there."

"But is it not some hoax?" I said. "Do you really travel through time?"

"Really and truly I do." And he looked frankly into my eyes. He hesitated. His eye wandered about the room. "I only want half an hour," he said, "I know why you came, and it's awfully good of you. There's some magazines here. If you'll stop to lunch I'll prove you this time travelling up to the hilt, specimen and all. If you'll forgive my leaving you now?"

I consented, hardly comprehending then the full import of his words, and he nodded and went on down the corridor. I heard the door of the laboratory slam, seated myself in a chair, and took up a daily paper.What was he going to do before lunch–time? Then suddenly I was reminded by an advertisement that I had promised to meet Richardson, the publisher, at two. I looked at my watch, and saw that I could barely save that engagement. I got up and went down the passage to tell the Time Traveller.

As I took hold of the handle of the door I heard an exclamation, oddly truncated at the end, and a click and a thud. A gust of air whirled round me as I opened the door, and from within came the sound of broken glass falling on the floor. The Time Traveller was not there. I seemed to see a ghostly, indistinct figure sitting in a whirling mass of black and brass for a moment—a figure so transparent that the bench behind with its sheets of drawings was absolutely distinct; but this phantasm vanished as I rubbed my eyes. The Time Machine had gone. Save for a subsiding stir of dust, the further end of the laboratory was empty. A pane of the skylight had, apparently, just been blown in.

I felt an unreasonable amazement. I knew that something strange had happened, and for the moment could not distinguish what the strange thing might be. As I stood staring, the door into the garden opened, and the man–servant appeared.

We looked at each other. Then ideas began to come. "Has Mr. — gone out that way?" said I.

"No, sir. No one has come out this way. I was expecting to find him here."

At that I understood. At the risk of disappointing Richardson I stayed on, waiting for the Time Traveller; waiting for the second, perhaps still stranger story, and the specimens and photographs he would bring with him. But I am beginning now to fear that I must wait a lifetime. The Time Traveller vanished three years ago. And, as everybody knows now, he has never returned.

Epilogue

One cannot choose but wonder. Will he ever return? It may be that he swept back into the past, and fell among the blood–drinking, hairy savages of the Age of Unpolished Stone; into the abysses of the Cretaceous Sea; or among the grotesque saurians, the huge reptilian brutes of the Jurassic times. He may even now—if I may use the phrase—be wandering on some plesiosaurus–haunted Oolitic coral reef, or beside the lonely saline lakes of the Triassic Age. Or did he go forward, into one of the nearer ages, in which men are still men, but with the riddles of our own time answered and its wearisome problems solved? Into the manhood of the race: for I, for my own part, cannot think that these latter days of weak experiment, fragmentary theory, and mutual discord are indeed man's culminating time! I say, for my own part. He, I know—for the question had been discussed among us long before the Time Machine was made—thought but cheerlessly of the Advancement of Mankind, and saw in the growing pile of civilization only a foolish heaping that must inevitably fall back upon and destroy its makers in the end. If that is so, it remains for us to live as though it were not so. But to me the future is still black and blank—is a vast ignorance, lit at a few casual places by the memory of his story. And I have by me, for my comfort, two strange white flowers—shrivelled now, and brown and flat and brittle—to witness that even when mind and strength had gone, gratitude and a mutual tenderness still lived on in the heart of man.